UN POT DE TERRE

CONTRE

VINGT POTS DE FER

UN POT DE TERRE

CONTRE

VINGT POTS DE FER

CURIEUSES RÉVÉLATIONS SUR L'ATHÉNÉE

ET PLUSIEURS AUTRES SOCIÉTÉS DE PARIS

AVEC LES PREUVES A L'APPUI

PAR

Mme ADÈLE CALDELAR

MEMBRE DE CES DIVERSES SOCIÉTÉS

PRIX : 50 CENTIMES

PARIS
CHEZ LES PRINCIPAUX LIBRAIRES

1865

UN POT DE TERRE

CONTRE

VINGT POTS DE FER

————⁓⁓⁓————

INTRODUCTION.

Mon arrivée à Paris. — Mes idées sur la gloire. — Les avantages que devraient offrir les sociétés littéraires. — Ce qu'on devrait *trouver* dans *toutes*, et ce qu'on ne *trouve* dans aucune. — *L'Éloge le plus beau.*

Que ceux qui ne cherchent dans une brochure que l'intérêt du roman ou le charme du style n'ouvrent pas celle-ci. Le sujet ne comporte point le premier, et l'auteur ne se pique pas du second.

Mais vous qui avez soif de la vérité, vous pour qui la justice est un besoin aussi impérieux, aussi nécessaire que l'air que vous respirez, lisez : c'est à vous que s'adresse cet écrit.

Ceci n'est point ma biographie : encore qu'on m'ait plusieurs fois proposé de la faire, et même sollicitée à cet égard, si elle paraît, ce ne sera probablement pas avant ma mort. Mais pour l'intelligence de ce qui va suivre, quelques lignes d'explication sont indispensables.

Lorsque, après avoir perdu la plupart des miens, et en dernier lieu ma mère, près de qui je m'étais retirée au décès de mon mari, je vins demander à Paris la vie de l'intelligence, comprenant dès lors que celle du cœur était terminée pour moi, j'y comptais sur deux appuis. Mais, par une de ces fatalités qui s'acharnent sur certaines existences, l'un mourut au moment de mon arrivée, et l'autre était allé, quinze jours avant, se fixer à l'étranger. J'avais il est vrai quelques connaissances dans cette ville ; mais elles n'étaient pas en position de me frayer la carrière des lettres, et l'on sait tout ce qu'elle a de difficile et d'épineux à son début pour qui que ce soit. Mais combien plus ardue, plus pénible encore n'est-elle pas pour une femme !

Et qu'est-ce donc quand cette femme est sans protecteurs ?

Quand elle n'a pour vivre que le nécessaire ?

Quand, éprise de la gloire, si pourtant cette gloire n'est solide, elle lui semble peu ?

Quand elle la compte pour rien si elle n'est pure ?

Il y avait certes de quoi reculer. Mais il faut bien croire qu'il est réellement d'irrésistibles vocations, des inclinations que n'arrête nul obstacle, n'cœure nul dégoût ; telle est sans doute celle dont la nature, malfaisante fée, me fit don à mon berceau. Enfant encore, la date d'une lettre en fait foi, j'ai composé ma première fable ; à neuf ans, un sonnet, mauvais sans doute, mais moins peut-être que beaucoup de pièces qui s'impriment chaque jour. En un mot, j'ai parlé la langue des vers avant de l'avoir apprise, et plutôt contre le goût de ma famille, où se rencontrent plus de savants que de poëtes.

Ce fut donc, sinon sans peine et sans inquiétude, du moins sans hésitation et sans faiblesse, que j'envisageai la situation que les circonstances venaient de me faire.

J'appris à cette époque que Paris comptait des sociétés de différents genres, et, naturellement, je donnai plus d'attention à ce que l'on me dit de celles où l'on s'occupe surtout de littérature. Mon imagination, prompte à s'enflammer pour tout ce qui la concerne, me représenta ces centres intellectuels comme autant de familles adoptives, toujours prêtes à tendre la main au talent bien intentionné, soit qu'il eût déjà fait ses preuves, soit qu'il n'en eût encore donné que de sérieuses arrhes. Et aujourd'hui même, après de si longs et si douloureux mécomptes, je pense que, s'ils étaient en effet ce que je les avais crus d'abord, ils feraient beaucoup de bien. Mais tels qu'ils sont, je leur dénie toute influence salutaire et suis persuadée qu'ils en ont au rebours une très-funeste.

Trois motifs me semblent pouvoir engager à faire partie de ces sociétés.

Le premier, de satisfaire ce besoin très-vif qu'éprouve l'artiste de s'entretenir, de conférer de son art avec ses pairs, d'être conseillé et encouragé et de conseiller et d'encourager à son tour ;

Le second, de se produire, au moyen de séances hebdomadaires, mensuelles ou annuelles, devant un auditoire plus ou moins nombreux, mais toujours distingué et compétent.

Le troisième, enfin, de se créer des relations utiles ou agréables, de ressentir et d'éveiller des sympathies, et peut-être même de former quelques véritables et solides amitiés.

Considérées à ce triple point de vue, ces académies seraient avantageuses et profitables à tous les artistes comme à tous les littérateurs, mais plus particulièrement aux individus de ces deux catégories qui vivent dans l'isolement.

Elles le seraient aussi à l'État, car, de même qu'au bien particulier, elles concourraient au bien général en mettant en évidence des mérites divers, qui sans leur secours seraient peut-être toujours demeurés dans l'ombre, et partant restés dans l'oubli. Mais la première condition pour qu'il en fût ainsi serait qu'on y rencontrât de la justice, et précisément c'est ce qu'on n'y trouve pas.

Chacune a bien, il est vrai, son règlement, et quoique ces sortes de constitutions soient, comme bien d'autres, fort imparfaites et très-perfectibles, elles ont néanmoins, pour l'ordinaire, plus de bon que de mauvais ; mais c'est bien d'elles que l'on peut dire, en changeant un mot seulement, à cette phrase célèbre :

« Ne font-ils des *statuts* que pour les violer ? »

En effet, ces pauvres contrats le sont en mille occasions, parfois même ostensiblement, sans vergogne, sans pudeur.

Or, à la rigueur, on peut comprendre une société sans bienveillance ; mais comment en comprendre une sans équité ?

Le sentiment de la justice est le premier qui se manifeste en nous. A peine l'enfant balbutie qu'il comprend déjà si on le punit ou le récompense à tort. La justice, ne fût-elle accompagnée d'aucune autre qualité, brillerait encore d'un éclat radieux. Sans elle, il n'en est aucune qui ne devienne terne et pâle.

Vous chérirez l'homme bon ; mais, s'il n'est juste, vous pourrez avoir à souffrir de sa faiblesse.

Vous admirerez l'homme courageux ; mais, s'il n'est juste, vous aurez à appréhender le passe-droit.

Vous estimerez l'homme généreux ; mais, s'il n'est juste, il vous fera peut-être perdre le matin ce qu'il donnera à votre voisin le soir.

Lorsque l'on dit d'un homme *qu'il est juste*, on fait de lui l'éloge le plus désirable. Quand on l'appelle *le juste*, on a tout dit.

La justice seule, je le répète, est de besoin continuel et absolu. Tout le reste, au prix n'est qu'un luxe relatif.

On la doit à tous, et tous nous la doivent : l'enfant y peut prétendre comme le vieillard, la femme comme l'homme, le pauvre comme le riche, le Chinois de même que le Français, le mahométan que le chrétien, le coupable que l'innocent, nos ennemis même aussi bien que nos amis.

Un jour viendra où la *moindre* blessure qui lui sera faite dans le *moindre* des habitants d'un pays y sera ressentie par tous les autres. Et ce jour sera plus grand, plus saint et plus beau que celui où au fond de l'Océan a été placé le premier câble électrique ; car c'en sera un moral que, ce jour-là, le progrès aura mis au fond des âmes, et qui les fera tressaillir du même coup à la plus légère atteinte portée à ce sentiment sacré.

Ces prémisses posées, et je ne pense pas qu'elles soient contestées de personne, nous allons examiner comment entendent et pratiquent la justice les sociétés sur lesquelles j'ai à m'expliquer ; et nous verrons plus tard quelles conclusions nous aurons à tirer de cet examen.

CHAPITRE Ier.

LES MATINÉES LITTÉRAIRES.

Une aube trompeuse.

Tel est le titre modeste de la première et de la plus charmante des sociétés dont j'aie fait partie ici. Elle s'est dissoute pendant un voyage assez long que je fis alors, et pour des motifs qui me sont restés inconnus ; et je l'ai sincèrement regretté, car elle réalisait à beaucoup d'égards mon idéal sur ces sortes d'associations. C'étaient de petites réunions sans prétention, où l'on apportait sa prose et ses vers. Après chaque lecture, on demandait au membre qui venait de la faire s'il désirait qu'il s'ouvrît une discussion sur son œuvre ; et, lorsque sa réponse était affirmative, chacun tour à tour exprimait son opinion, ce qu'on faisait souvent avec beaucoup d'esprit, et toujours avec bienveillance et urbanité. En un mot, le ton de cette société était parfait, et l'on y respirait un parfum de savoir et de politesse qui m'en a laissé le plus agréable souvenir.

Il y avait surtout un M. Rapetti, lequel je n'ai pas eu occasion de revoir depuis, qui nous apportait de fort jolies choses et joignait à un goût exquis de critique un caractère plein de franchise et d'aménité.

CHAPITRE II.

L'ACADÉMIE UNIVERSELLE DES ARTS ET MANUFACTURES, SCIENCES, MUSIQUE, BEAUX-ARTS ET BELLES-LETTRES DE PARIS.

Respect aux Morts.

Cette Académie, dont les membres se réunissaient au Palais-Royal, numéro 8, et de laquelle M. A. P. C. Le Roi était président à vie, a été fermée par ordre du gouvernement, le 7 mars 1864.

J'en ai fait partie depuis le 31 octobre 1856 jusqu'au jour où elle a été dissoute, et, bien que j'aie eu assez peu à m'en louer, comme elle m'a paru, dans les derniers temps, animée de sentiments plus équitables, et surtout par cette considération qu'elle n'existe plus, je ne la mentionne que pour mémoire, et je me bornerai à dire que son chef était partial, violent et absolu, mais très-capable et puissant organisateur, ce qui m'a toujours fait penser que s'il voulait se réformer sur quelques points, on pourrait utiliser avec grand fruit ses remarquables et multiples facultés.

CHAPITRE III.

L'ATHÉNÉE DES ARTS.

Mme Caldelar demande à faire partie de l'Athénée. — Mme Caldelar est refusée pour avoir *battu* M. Guillemot. — Certificat de M. Guillemot attestant qu'il n'a pas été *battu* par Mme Caldelar. — *La Linotte et les Canards athéniens*, fable par Mme Adèle Caldelar. — L'Athénée annule sa décision et réintègre Mme Caldelar dans sa position de candidat.

Ce fut un soir, au cercle des Sociétés savantes, où je venais de dire deux de mes fables, *l'École des Linots* et *les Deux Feuilles*, que M. Darel, dont je fis connaissance à cette occasion, étant venu me complimenter sur ces apologues, me demanda si je désirerais faire partie de l'Athénée, me dit qu'il en était membre depuis longtemps, que je n'aurais à m'embarrasser de rien, qu'il suffirait de lui envoyer mes œuvres, et que lui-même les remettrait au président avec la lettre contenant ma demande d'admission.

Cela eut lieu ainsi, et huit jours après je reçus du secrétaire général, M. Pradier-Fodéré, la lettre ci-dessous :

« Paris, 4 mai 1860.

« Madame,

« Vous avez demandé à faire partie de l'Athénée ; j'ai l'honneur de vous informer qu'une commission a été nommée pour examiner les titres invoqués à l'appui de cette candidature.

« Cette commission se compose de MM. Thorel-Saint-Martin, Bayard de la Vingtrie, Jules Brisson, le docteur Reinvillier, président de l'Athénée, Pradier-Fodéré, secrétaire général. Vous êtes invitée, madame, à vous mettre en relation par une visite avec MM. les membres de la commission.

« Veuillez agréer, etc. »

Je me soumis à cette formalité des visites, que l'Athénée, sans doute à l'instar de l'*Académie française*, croit devoir exiger de ses candidats ; et la semaine suivante, on me remit une seconde lettre de M. Pradier-Fodéré, ainsi conçue :

« Madame,

« Vous avez demandé à faire partie de l'Athénée en qualité de membre de la classe des lettres.

« J'ai le regret de vous annoncer que dans sa séance du 14 courant, l'Athénée ayant été appelé à se prononcer, le résultat du scrutin n'a pas été favorable à l'admission.

« Croyez, madame, que c'est un *chagrin* pour moi d'avoir à vous informer de ce résultat, et soyez certaine que j'ai fait tout ce qui a dépendu de moi pour amener un vote plus digne de votre talent.

« S'il m'était possible, madame, de vous être agréable en quoi que ce fût, je serais heureux de pouvoir vous prouver ma bonne volonté.

« Veuillez agréer, etc. »

Fort étonnée de ce refus, et naturellement curieuse d'en savoir la cause, ce fut, naturellement aussi, à M. Darel, mon présentateur, que je m'adressai pour la connaître. Mais quel fut mon ébahissement en apprenant ce qui avait fait tomber cette profusion de *haricots* (1) noirs de ces graves mains!

Je crains bien, lecteurs, que, malgré les preuves qui vont passer sous vos yeux, à cette confidence inattendue vous ne me taxiez sinon de mensonge, du moins d'exagération, et cependant ce que je vais vous dire est la vérité.

On ne me refusait ni pour manque de moralité, cela eût été trop difficile à persuader ;

Ni faute de publicité honorable, ce qui eût été impossible à soutenir;

Mais pour avoir, — dans la soirée du 28 avril de l'année courante, au *Cercle des Sociétés savantes*, quai Malaquais, n° 3, — et en plein public — (on ne peut certes mettre mieux les points sur les *i*) ;

Pour avoir, dis-je, *battu*, oui, *battu* M. Guillemot.

— Et remarquez bien que cette expression n'est pas prise au figuré, et qu'il ne s'agissait pas de l'avoir fait à la manière des écrivains, mais à celle des portefaix.

Certes, voilà pour tout le monde une assertion aussi invraisemblable que ridicule ; mais pour ceux qui connaissent M. Guillemot et Mme Caldelar, plus invraisemblable et plus ridicule encore.

Et cependant, cette étrange calomnie, contraire aux premières notions du bon sens, avait triomphé de tout ce qu'avait pu dire mon honorable parrain.

Je place ici une petite fable écrite sous l'inspiration de la circonstance, et restée inédite jusqu'à ce moment.

LA LINOTTE ET LES CANARDS ATHÉNIENS.

Dans un grand troupeau de canards
Une linotte, un jour, demanda d'être admise.
De ces palmipèdes bavards
Grande, me direz-vous, dut être la surprise.
Mais, après tout, pour eux, c'était beaucoup d'honneur ;
Et je pense que de grand cœur
De l'accueillir ils s'empressèrent.
— Point du tout : ils la refusèrent.
— Pourquoi? — Vous allez le savoir :
L'un dit qu'il l'avait vue un soir,

(1) A cette époque, on votait à l'Athénée à l'aide d'un engin fort bizarre, dans lequel on introduisait des haricots. J'avais d'abord cru que c'était un usage antique qu'on avait respecté par ce motif, mais depuis j'ai su qu'il n'en était rien.

On ne sait pour quelle querelle,
La plume ébouriffée, et le feu dans les yeux,
Fondre sur un bélier robuste et vigoureux,
Qu'elle avait sur-le-champ assommé d'un coup d'aile.

Dans la bande aussitôt ce fut un cri d'horreur;
Le plumage de tous se hérissa de peur.
Et lors, canard musqué comme canard sauvage,
De s'exclamer, sans rien écouter davantage :
« Ah! de la recevoir, mes frères, gardons-nous !...
« Dieu! quel terrible oiseau! — Nous y passerions tous!! — »

Quant au bélier de l'anecdote,
Il eut beau déclarer de toutes les façons
Ne connaître cette linotte
Que par ses gentilles chansons :
Aux yeux de la gent qui barbotte,
Il n'en resta pas moins atteint et convaincu
D'avoir été battu
Sans s'en être aperçu.

La rime n'est pas riche assurément, mais on sent que cette boutade n'était pas destinée à voir le jour.

Ce n'est pas qu'avant l'incroyable accusation portée contre moi on ne m'eût attaquée sur d'autres points, qu'il ne se fût trouvé des gens pour soutenir que je n'avais nul talent, et que, particulièrement, M. Le Marié de Champtenay n'eût à plusieurs reprises parlé dans ce sens (ce dont je prie de prendre note, ayant, plus tard à revenir là-dessus); mais il paraît qu'il s'était aussi rencontré des membres d'un autre avis, et que, même lorsque, redoutant sans doute que ce fût le plus grand nombre, M. Bayard de la Vingtrie avait allégué comme autre motif de ne pas me recevoir, que j'avais un caractère détestable, quelques-uns de ses collègues lui avaient demandé si tous les membres de l'Athénée étaient des Anges, et rappelé que M. Pradier-Fodéré avait déjà donné dix-sept fois sa démission.

Et il paraît aussi que ces mêmes membres avaient fait remarquer que le règlement de l'Athénée n'obligeait pas à faire preuve de bon caractère,

Mais de moralité

Et de talent;

Ajoutant, toutefois, que s'il s'agissait d'excentricités trop bizarres ou trop fréquentes, cela pourrait modifier leur manière de voir, et que ce fut alors que M. Bayard de la Vingtrie, en avançant, avec tous les détails mentionnés ci-dessus, que j'avais battu publiquement M. Guillemot, avait fait passer ses confrères à son avis.

Cependant, quelque dérisoire que puisse paraître aux personnes qui prennent la peine de réfléchir l'imputation dont il s'agit, comme elles sont en minorité et que je me soucie peu de passer pour une virago, accordât-on même que cette virago est une Lucrèce, je me décidai à aller trouver M. Guillemot et à lui demander un certificat *comme quoi je ne l'avais jamais battu*.

Je pense que lui et les quatre ou cinq individus avec lesquels il se trouvait durent me prendre pour une échappée de Charenton. — On s'expliqua, toutefois, et par suite il voulut bien me donner l'attestation que l'on va lire, et qu'il rédigea comme il l'entendit.

CERCLE DES SOCIÉTÉS SAVANTES.

Paris, 23 mai 1860.

« J'ai l'honneur de certifier que Mme Adèle Caldelar s'est toujours montrée pleine d'obligeance dans ses rapports avec la direction du Cercle des Sociétés savantes, et que jamais il n'y a eu entre elle et moi, pas plus dans la soirée du 28 avril dernier que dans tout autre instant, aucune espèce de discussion.

« *Le Directeur du Cercle et de l'Agence générale
des Sociétés savantes*,

« GUILLEMOT. »

Pendant qu'il y apposait sa signature, une idée me traversa le cerveau, et me fit le prier de m'en délivrer un double, ce à quoi il consentit volontiers. J'envoyai dès le même soir une de ces pièces au secrétaire de l'Athénée, M. Pradier-Fodéré, pour la remettre au président, et j'eus soin d'en prévenir mon présentateur.

Or, à la séance suivante, M. Darel, voyant qu'il n'était question de rien, demanda à M. Pradier s'il n'avait pas reçu ce certificat. — « En effet, répondit ce dernier avec embarras, il me semble que Mme Caldelar m'a envoyé quelque chose. Je ne sais trop ce que cela est devenu, je le chercherai et l'apporterai à la réunion prochaine. » Alors M. Darel exhiba, sans s'en dessaisir toutefois, le double que je lui avais remis. Et sur une preuve si claire et si convaincante, tous nos *aréopagites* de se regarder. — *Tableau.* —

Après s'être donné un moment le plaisir de le contempler, **M. Darel**, auquel sa santé, beaucoup meilleure à cette époque, communiquait une tout autre énergie, s'adressant à ses collègues, s'exprima ainsi :

« Messieurs,

« Le jour où j'eus l'honneur de vous présenter la candidature de
« Mme Caldelar, notre cher président, en nous en retournant, m'ayant
« demandé si je connaissais bien cette dame, ma réponse affirmative
« parut lui suffire. Aussi ai-je été fort étonné que, sans aucun égard
« à mon attestation, il ait seulement rapporté ce que lui a dit en confi-
« dence un membre, présent, dit-il, mais qui avait eu le courage de
« ne pas se faire connaître. Et cependant, c'est sur cette accusation
« clandestine que ma proposition en faveur de la plus honorable femme
« que je connaisse a été rejetée par plusieurs de mes collègues, dont à
« cet égard la conscience a été surprise. J'ai été si sensible à l'affront,
« qui m'est personnel en cela, qu'immédiatement après le vote j'ai
« soldé le trimestre courant de ma cotisation, résolu à ne plus remettre
« le pied à l'Athénée, quoiqu'il en coûtât à mon cœur de me séparer de
« collègues qui pour la plupart me sont plus ou moins chers. Mais cette
« injurieuse répulsion contre une personne si estimable n'ayant pas
« encore été confirmée par l'adoption du procès-verbal, je pense
« qu'il est de mon devoir de protester en faveur de tant de talents et
« de vertus, et de faire un dernier effort pour épargner en cela une
« *tache à l'Athénée.*

« Certes je ne me donne pas pour un *Bayard*, ce serait *de la van-*
« *terie*, cependant, j'aurai toujours pour maxime : « *Fais ce que dois,*
« *advienne que pourra!* » A ceux donc de vous, mes chers confrères,
« qui ne connaissez Mme Caldelar que sur de malveillantes accu-
« sations, voici d'abord les titres qui entre autres méritent son admis-
« sion à l'Athénée. Je doute qu'aucun de nous en ait de plus positifs
« et de plus éclatants !...

« Mme Caldelar est auteur :

« D'écrits et de rapports sur l'instruction primaire; de l'opuscule
« en vers, *Scènes d'une salle d'asile;* d'un volume d'apologues, dit
« *Fables morales et religieuses*; d'un roman moral; *Rose blanche,*
« histoire d'une jeune fille, qui est un plaidoyer contre le duel; de
« l'opuscule en vers; *la Charité*, hommage à la mémoire de la sœur
« Rosalie; de l'opuscule *les Jeunes Incurables*, dédié à l'abbé Moret;
« d'articles de journaux, poésies et autres écrits.

« Comme inspectrice générale des écoles primaires dans la Vendée,
« elle possède les titres les plus flatteurs du ministre de l'instruction
« publique, des recteurs, préfets, maires, curés, et d'autres princi-
« pales autorités.

« Comme femme de lettres, elle en a reçu de charmantes de MM. de
« Chateaubriand, Victor Hugo, Lamartine, Alfred de Vigny, Viennet, de
« Foudras, comte de Castellane, marquis de Larochefoucauld-Liancourt,
« vicomte de Moléon, Lévi Alvarès ; de Nosseigneurs les archevêques
« de Paris et de Chartres, de mesdames Amable Tastu, Ancelot, Anaïs
« Ségalas, et d'une foule d'autres illustrations et notabilités di-
« verses.

« Elle a fait partie de plus de douze sociétés littéraires ou philan-
« thropiques, où elle a toujours été reçue à l'unanimité.

« Elle a été honorée de six médailles ou prix, et d'une Bible d'hon-
« neur qui lui a été décernée par la Société de la Paix et remise par
« une députation étrangère.

« Cent journaux de Paris (journaux quotidiens de la grande presse,
« revues, journaux religieux, journaux littéraires, journaux de théâtre,
« journaux de mode, journaux de reproduction et journaux plaisants)
« ont fait l'éloge de ses fables et de ses autres ouvrages ; éloge au-
« quel sont venues se joindre plus de cinquante feuilles des départe-
« ments. »

Tout dans les paroles de M. Darel, comme dans la teneur du certificat de M. Guillemot, était si net, si concordant et si précis, que l'on
ne crut pas possible de maintenir la décision prise contre moi. Elle fut
annulée, chose peut-être sans précédent depuis les soixante-douze ans
d'existence de l'Athénée, et je fus, non pas admise, mais réintégrée
dans ma position de candidat. Puis, comme on craignait sans doute
de se compromettre en m'annonçant cette résolution insolite d'une
façon officielle, on chargea M. Darel de me l'apprendre, ainsi que les
noms des membres chargés d'examiner mes titres à nouveau.

Cette seconde commission était composée de MM. :

Coubard d'Aulnay, Mathieu, de Maureillan, Le Marié de Champtenay, Pradier-Fodéré, et docteur Reinvillier.

Ces trois derniers avaient déjà, comme on l'a pu voir, fait partie de
la première.

Il me fallut recommencer mes visites. Plusieurs de ces messieurs
étaient absents ; ceux que je trouvai me reçurent avec une extrême
froideur. Dans le cabinet de l'un, j'aurais pu me croire chez un juge
d'instruction : ce qui fit que je m'empressai de lui offrir *toutes* les in-
dications propres à l'éclairer, et non-seulement de lui désigner *tous* les
endroits où jusque-là j'avais résidé, mais encore *toutes* les maisons que

j'ai habitées, ajoutant, ce qui m'était permis, je crois, dans la circonstance, que celles-ci eussent pu être de verre, et que l'on ne prendrait jamais, à mon gré, de trop nombreux et minutieux renseignements, puisqu'ils auraient pour résultat de faire connaître des choses que ma modestie ne me permettrait pas de révéler.

M. Coubard d'Aulnay étant à la campagne, je lui écrivis et j'en reçus une lettre sèchement polie, où il me disait qu'il viendrait me voir, ce qu'il n'a pas effectué. Mais tous ses confrères n'agirent pas de même sorte, et M. Le Marié de Champtenay m'a rendu vers ce temps une visite qui est restée gravée dans mon souvenir.

C'est une petite scène de comédie que je vais narrer pour l'amusement de mes lecteurs.

LA VISITE DE M. LE MARIÉ DE CHAMPTENAY.

C'était un mardi ; il était de bonne heure encore, et il n'y avait que deux personnes avec moi. Je ne puis me rappeler quelle était l'une, mais je suis très-sûre que l'autre était Mlle Louise Bader.

On annonça M. Lemarié de Champtenay. Je fus un peu surprise de sa présence, sachant la conduite qu'il avait tenue à mon égard, ce qui ne m'empêcha pas de le recevoir comme quelqu'un qui sait vivre le devait faire.

Il est aisé de comprendre que je n'ai pas sténographié notre entretien, mais je sais qu'il m'amena à dire à mon interlocuteur, et cela sans la moindre désobligeance (car l'accent seul fait toute la valeur des mots), que j'étais charmée d'avoir en lui un ennemi de si bon ton. Et comme il se récria, j'ajoutai, mais toujours en souriant, que si je m'exprimais de ce cette façon, c'est qu'il m'était revenu que trois fois il avait combattu ma candidature ; sur quoi il balbutia quelques paroles signifiant que cela n'était que deux.

L'instant d'après je passai dans une pièce voisine, où j'avais quelques papiers à chercher. Lorsque je revins, je trouvai M. Le Marié debout près d'un meuble couvert de journaux et de livres, et tenant un de ceux-ci, qu'il parcourait.

C'était un volume souvent feuilleté, assez en désordre et dont le titre manquait. Il le reposa sur la table quand j'ouvris la porte, et le désignant à mes visiteurs et à moi-même : — « Certes, dit-il, voilà un

« ouvrage excellent ; je l'ai lu plusieurs fois avec grand plaisir. J'en ai
« même fait apprendre à ma fille diverses pièces ; mais comme je suis
« veuf, qu'elle est élevée par sa grand'mère et qu'elle ne passe que les
« vacances avec moi, j'ai pris la peine de les lui copier pour garder le
« livre. »

Je croyais rêver,

Car ce livre, c'était bien le premier volume de mes fables, de ces
fables dont M. Le Marié avait dit tant de mal.

Et comme M. Le Marié n'a rien de *sauvage* et qu'il tirerait plutôt
sur le *musqué*, je me demandais s'il avait fait le pari de venir chez moi
me montrer jusqu'à quel point il était passé maître ès arts en ironie.

Toutefois, à quelques questions que je lui fis, il me répondit, d'un
air et d'un ton de pleine sincérité, qu'il avait hérité d'une parente le
volume dont il venait de me parler ; que le titre et les premiers feuillets
étaient déchirés, et qu'aujourd'hui même il en ignorait l'auteur. Alors
j'allai chercher un autre exemplaire, bien en ordre, bien en toilette
cette fois, et l'ouvrant au titre, je le lui présentai. — *Coup de théâtre.*—

Ainsi, cet homme qui était membre de la commission chargée de
juger mes œuvres ;

Qui à trois reprises avait soutenu qu'elles n'avaient aucune valeur ;

Et qui avait ensuite voté dans un sens conforme à cette opinion ;

Cet homme ne les avait pas même ouvertes !

LES DEMANDES DE DÉSISTEMENT.

Mme Caldelar est priée, sollicitée, tourmentée, persécutée, pour retirer sa candidature. —
Mme Caldelar est menacée si elle ne retire pas sa candidature, de voir tout l'Athénée donner sa démission.

Je ne sais si l'on a ou non fait usage des adresses que j'ai données, mais, dans la première hypothèse, il faut croire qu'il n'en était
rien résulté de défavorable pour moi, puisque l'Athénée, qui ne voulait
ni m'admettre ni me refuser, s'avisa bientôt d'une autre tactique, laquelle consistait à obtenir mon *désistement*.

Mais comme ce *désistement* eût équivalu à dire :

« Le règlement porte que pour faire partie de l'Athénée il faut
avoir de la moralité et du talent.

« Or, je me suis présentée parce que je croyais avoir de la moralité et du talent.

« Mais j'ai reconnu depuis que je n'avais ni moralité ni talent.

« Ou que du moins je manquais de moralité ou de talent.

« Donc je me retire. »

On comprendra que, quel que fût mon désir d'être agréable à l'Athénée, je ne pouvais donner mon *désistement.*

Et pourtant, que de luttes n'ai-je pas eu à soutenir à ce sujet ! soit avec les membres mêmes de l'Athénée, soit avec leurs amis ou leurs adhérents, qui, d'une façon plus ou moins adroite, arrivaient toujours à intercaler cette phrase gracieuse dans leur spirituelle conversation :

« *Madame, votre candidature jette le trouble dans l'Athénée,* vous « devriez bien donner votre *désistement.* »

A quoi je répondais invariablement :

« Madame, ou monsieur, je ne sais pour quelle raison *ma can-* « *didature jette le trouble dans l'Athénée,* et je ne juge pas à propos de « donner mon *désistement.* »

Un jour que l'Athénée avait mal aux nerfs, ces paroles si simples lui causèrent une irritation si vive, qu'il me fit faire cette singulière menace.

« *Madame, si vous ne donnez pas votre désistement, tout l'Athé-née donnera sa démission.* »

— « Veuillez bien croire, répondis-je à la personne qui me par- « lait, que cela me sera pour le moins indifférent, car de nouveaux « membres ne sauraient être plus injustes, et ils le seront peut-être « moins. »

Cependant, tout a un terme, comme l'on dit. Mais avant de renon-cer définitivement à me faire retirer ma candidature, l'Athénée voulut tenter un suprême effort, et ce fut à l'esprit très-fin et très-insinuant de l'un de ses membres, M. Mathieu, qu'il eut recours dans cette cir-constance délicate.

Celui-ci m'écrivit donc, le 11 août 1860, la lettre que je transcris :

« Madame,

« Les sentiments d'estime et de sympathie que m'inspirent votre personne et votre talent me portent à vous donner un conseil que je crois pouvoir appeler un conseil d'ami.

« A votre place, j'écrirais immédiatement, et de manière à ce qu'il reçût ma lettre avant lundi soir, j'écrirais, dis-je, à M. le président de l'Athénée des arts, que je retire ma candidature. Je l'écrirais en outre en termes très-simples, sans récrimination aucune, et en conservant tout le mérite de la modération.

« Des préventions existent contre vous, madame, et les personnes qui vous sont attachées ont été impuissantes à les détruire. Je crois pouvoir répondre que le vote qui se prépare sera défavorable, et c'est pourquoi je n'hésiterais pas à y échapper par une retraite volontaire.

« Permettez-moi, madame, pour terminer, de vous féliciter particulièrement au sujet d'une pièce de vers qui m'a été communiquée et que je ne connaissais point, pièce dans laquelle le trait de bienfaisance d'un enfant est raconté d'une manière aussi touchante que littéraire.

« Veuillez agréer, etc. »

« *P. S.* M. Reinvillier (le docteur), président actuel de l'Athénée, demeure rue Bergère, 24. »

Ma réponse ne se fit pas attendre, et la voici :

« Monsieur,

« Je me sens on ne peut plus touchée de la sympathie dont vous avez la bonté de m'assurer et du conseil que vous daignez me donner ; mais des amis auxquels je l'ai communiqué sont d'une opinion différente, et, dans l'impossibilité où je me vois d'agir selon deux avis entièrement opposés, je me range à celui des personnes qui me portent un intérêt non plus sincère, mais plus ancien. Cette diversité de manière de voir de gens également honorables, également éclairés et animés de sentiments également bienveillants, prouve qu'il est plusieurs points de vue où l'on peut se placer pour examiner une question de dignité.

« Soyez, du reste, bien certain, monsieur, que, si je m'étais déterminée à envoyer ce désistement, c'eût été dans les termes que vous êtes assez bon pour m'indiquer. Je crois, comme vous, que l'on gagne toujours à ne manquer ni de modération ni de mesure.

« Permettez-moi, en outre, monsieur, de vous assurer que si je ne puis me conformer à vos avis, je ne vous en suis pas moins reconnaissante, et de vous offrir mes remercîments pour votre indulgente appréciation d'une de mes œuvres.

« Votre humble servante,
« Adèle Caldelar. »

A compter de ce jour, je ne me rappelle pas que personne m'ait demandé de me désister. L'Athénée parut ne plus s'occuper de moi, et de mon côté j'en fis autant de lui de bon cœur.

Quatre mois de *statu quo* s'étaient écoulés, quand, le mardi de Noël, M. Darel vint me dire d'un air joyeux, et du ton dont on annoncerait une nouvelle de conséquence, laquelle en même temps serait un triomphe, qu'il me saluait *comme membre de l'Athénée.* — A quoi je répondis, et bien sincèrement, que j'aurais beaucoup mieux aimé que dans le temps il eût donné sa démission, ce qui m'eût montré que je pouvais faire fond sur son amitié, et partant m'aurait eté bien plus agréable.

<hr>

MA RÉCEPTION.

Mme Caldelar est reçue membre de l'Athénée. — Sa réception. — Discours de M. Reinvillier. — Ce qu'a répondu Mme Caldelar et ce qu'elle comptait répondre. — Commencement d'hostilités.

J'étais donc admise! Après onze mois d'enquêtes, de contre-enquêtes, de *demandes* de retirer ma *demande,* on n'avait pu trouver un motif, l'ombre d'un motif, pour la rejeter. — Ma position était changée, et si mes amis littéraires avaient tous été d'avis qu'il ne fallait pas donner mon désistement, ils se divisaient maintenant sur la question de savoir si je ne devais pas envoyer immédiatement ma démission. Sans doute l'amour-propre (et je ne prétends pas en être exempte plus qu'un autre) y eût trouvé une certaine satisfaction; mais un mobile d'un tout autre ordre me retint, et, j'ose le dire, je me proposai un but plus élevé.

Incapable de m'imaginer que des gens ayant reçu de l'éducation, placés dans des circonstances favorables à leur développement intellectuel, pussent se coaliser contre une femme de nature pacifique et débonnaire qu'ils venaient d'admettre au rang de leurs collègues, je pensai que l'hostilité qu'on m'avait montrée devait être le fait de quelques meneurs, qu'elle s'évanouirait à mesure que je serais mieux connue, et que le moment n'était pas éloigné peut-être où elle se changerait en un véritable regret de m'avoir si mal jugée, et en un ardent et sincère désir de me le faire oublier.

J'allai donc à l'Athénée le jour où j'y étais convoquée officiellement. Il est d'usage que le président fasse un petit discours au récipiendaire, et c'était M. Reinvillier que ses fonctions appelaient à me complimenter. Son allocution fut, ainsi que l'on s'y pouvait attendre, obscure et entortillée au plus haut degré. Il essaya d'expliquer l'inexplicable, ces onze mois d'attente, par des malentendus qu'avaient prolongés les vacances survenues depuis, et m'assura, en terminant, que je pouvais compter sur les sentiments que se doivent des collègues.

J'étais arrivée à l'Athénée dans les meilleures et les plus cordiales dispositions, décidée à mettre à l'écart tout le passé pour ne voir que le présent; et, je l'atteste, si un mot, un regard, m'eût mise en confiance, si les manières de la Société m'avaient, ce soir-là, fait croire à la moindre bienveillance, c'est avec joie que j'y aurais correspondu. Mais les paroles compassées de M. Reinvillier, l'attitude glaciale de la plupart des membres, et surtout de ceux du bureau, paralysèrent en moi, à l'instant même, tout cet élan d'expansion.

Il me parut que les quelques mots que j'avais assemblés dans le trajet paraîtraient *suprêmement ridicules* (1), et ce ne fut pas sans effort que je parvins à les remplacer par cette phrase, aussi académique que neuve et remarquable :

« *J'ai l'honneur de remercier l'Athénée de mon admission.* »

Cependant, comme avant tout je tiens à faire preuve d'entière véridicité, je dois dire qu'il me sembla un moment (de juillet à octobre

---

(1) Dussent mes lecteurs en juger de cette façon, voici cette naïveté. Je la rapporte parce que, si elle est au préjudice de mon esprit, je la crois à l'avantage de mon cœur.

« Que la Société daigne permettre à une personne aux yeux de qui tout
« prend la forme de l'apologue de voir aujourd'hui dans l'Athénée un champ
« environné d'arbres et orné de fleurs; à vous, messieurs, d'y représenter le
« chêne, l'érable et le peuplier; à vous, mesdames, d'y figurer la pensée, la
« rose et la primevère. Je me réserve le rôle de la marguerite, et c'est, mon-
« sieur le président, elle qui, vous répondant par ma voix, vous dit ce soir :

« Je vous apporte :

« De talent, — un peu;
« De bonne volonté, — beaucoup;
« D'amour de la justice, — passionnément;
« Et de rancune, — point du tout. »

1861) que l'Athénée s'était un peu adouci ; mais il ferma à l'automne comme à l'ordinaire. Je fis une absence de quelques mois, et quand il rouvrit il ne me fallut qu'un coup d'œil pour voir qu'il m'était plus hostile que jamais. C'est un fait dont je n'ai pu pénétrer la cause, mais certain ; et ce qui ne l'est pas moins, c'est que depuis lors l'aversion qu'il m'a témoignée n'a fait que s'accroître et est enfin arrivée à lui faire commettre à mon égard ce que j'ose appeler des énormités.

LES REFUS SYSTÉMATIQUES.

Un système de critique dont jamais on n'a entendu parler. — Echantillons. — La pudeur de MM. les membres de l'Athénée blessée par les fables de Mme Caldelar.

Les pièces que je présentai furent de ce moment refusées de parti pris, le plus souvent après des observations pleines d'aigreur, d'inconvenance et d'ironie.

On me fit les critiques les plus bizarres, les plus ridicules, voire même les plus incompréhensibles.

On me demanda de changer ce qu'il y avait de mieux, ou l'on voulut m'imposer des refontes complètes qui dénaturaient ma pensée entièrement.

Si quelquefois encore on me laissa dire des vers aux petites séances, ce ne fut que pour mieux m'écarter des grandes, me montant dans celles-là des cabales dont on voulait se faire une arme pour celles-ci.

L'année 1862 est la seule où je me sois produite à l'Athénée en séance solennelle. Ce fut dans *la Boucle de cheveux*, et cette pièce n'avait été acceptée qu'après de longues et nombreuses difficultés.

Croira-t-on que dans les choses les plus critiquées étaient deux noms propres ?

L'un, celui de la mère (Mme d'Elsonne), que l'on m'accusait d'avoir pris parce que j'étais en peine d'une rime en *onne*.

Et l'autre, celui de l'enfant (Alexis), que l'on m'imputait d'avoir choisi parce que je ne pouvais en trouver une en *is*.

Sur quoi, ayant encore enchéri, deux de ces messieurs avaient soutenu que, même à présent, on ne met plus du tout de noms ; que ce n'est bon que pour des *berquinades*, et qu'il n'y a rien au monde de plus *rococo*. Importante observation philologique, à laquelle j'avais répondu fort humblement que je venais d'entendre au théâtre *les Pauvres Gens*, de Victor Hugo , où chacun des quatre petits enfants à un nom.

Mais un système de critique et de refus plus étrange, plus inqualifiable encore, s'établit bientôt, et c'est avec le plus touchant accord que mes chers collègues en ont fait depuis un constant usage envers moi.

Je vais en donner des exemples, tenant beaucoup à ce qu'on puisse le bien juger.

On refusa *la Vie d'une rose* (1) parce que des feux *caniculaires* pourraient faire penser à des *canules*.

Les Fleurs célestes, parce que le mot *chlore* promène la pensée sur des objets dégoûtants.

Dans une autre fable, ce vers « Va vite raconter le *cas*, » fut regardé comme inadmissible , à cause du dernier mot. Et l'un de mes bienveillants collègues me fit observer gracieusement quel fâcheux effet en ferait la répétition.

Mais ce fut surtout le terme *lieux*, employé dans *l'Abeille du mont Hymette*, qui encourut toutes les censures et provoqua des éclats de rire étourdissants.

A quoi donc pensais-je, en effet, de me servir d'une expression si incongrue? et dans des *lieux* tels que l'Athénée, encore!... Passe pour les plus célèbres orateurs *de tous les temps*, devant les plus illustres auditoires *de tous les pays*, j'allais dire de *tous les lieux;* passe aussi pour *tous les journaux* s'adressant *tous les jours* à des milliers de lecteurs, et *La Fontaine* encore, aux milliards des siens se renouvelant de siècle en siècle. *Mais Mme Caldelar* , c'est bien différent! « *Et on le lui fit bien voir.* »

Car si, après un débat fort orageux, on daigna enfin lui permettre de prononcer cet horrible mot, ce fut en se réservant d'en donner un d'ordre (ou plutôt de désordre) à ses futurs auditeurs, afin qu'au moment où le premier viendrait à souiller ses lèvres, ils se livrassent à de bruyants transports d'hilarité auxquels ils n'oubliassent pas de faire prendre part leurs chaises, leurs cannes et leurs parapluies.

Pour ne pas interrompre la série des refus, je mets dans ce chapitre celui de mon apologue *les Amies de la Linotte* (2), bien que d'une date assez récente.

D'ailleurs, les reproches dont cette fable fut l'objet méritent d'être connus.

(1) Voir l'Appendice, pièce n° 1.
(2) Voir l'Appendice, pièce n° 2.

M. Pradier-Fodéré, qui volontiers se plaçait à l'avant-garde, ouvrit le feu en déclarant que ces deux vers, attribués à la mésange :

> « *Le mariage le meilleur*
> « *N'est qu'une véritable horreur.* »

étaient choquants et devaient être proscrits.

Les pudiques oreilles de mes chastes confrères se trouvèrent encore blessées davantage par ceux-ci, relatifs à un ménage de jeunes fauvettes :

> « *Là, point encore de petits ;*
> « *Mais deux tendres époux qui, placés côte à côte,*
> « *De se prouver leurs feux ne se faisaient point faute.* »

Et ils furent l'objet d'un *tolle* presque général.

Vainement *M*^me *Caldelar* représenta-t-elle que *La Fontaine*, dans l'apologue *les Deux Pigeons*, ainsi que dans une foule d'autres, et plus particulièrement encore dans *les Deux Amis*, était allé beaucoup plus loin, et avait même pris des libertés qu'elle trouvait très-répréhensibles, ce qui n'empêchait pas les fables de cet auteur d'être données en prix tous les ans, et avec le gré du ministre de l'instruction publique, dans toutes les institutions des deux sexes. On persista à exiger qu'elle changeât les passages incriminés, et elle s'y soumit, pensant témoigner de la plus extrême déférence.

Mais ce que l'Athénée voulait, c'était que ma fable fût empirée et non amendée.

Aussi, l'instant d'après, M. Mathieu vint élever une tout autre prétention. — « Vous devriez bien aussi, me dit-il, supprimer toutes les réponses de la Linotte. » Avis dont il donnait pour raison que cela rendrait la fable beaucoup plus courte, ce qui était vrai ; mais se gardant bien d'ajouter qu'en même temps ce serait la rendre beaucoup plus mauvaise, ce qui ne l'était pas moins. Toutefois, le désir de la dire à la grande séance, la considérant de celles que j'ai composées comme une des plus convenables à ces circonstances, me décida, ainsi que du reste je l'avais promis, à supprimer les deux vers qui avaient été un si grand sujet de scandale pour mes pudibonds collègues ; vers auxquels je substituai ceux que voici :

> « *Mais deux jeunes époux dont l'ardeur mutuelle*
> « *En de tendres baisers éclate devant elle.* »

Eh bien, qui croira que le seul fait d'avoir très-révéremment, à la

séance suivante, prié l'Athénée de remarquer que j'avais fait ce changement, m'ait attiré du président (M. Fournier), cette foudroyante apostrophe : — « *Vous n'avez pas le droit de dire cela. Continuez.* »
— Paroles aussi justes au fond que gracieuses en la forme, et que je ne puis attribuer qu'à la crainte de voir ma déférence engager les membres les moins prévenus à voter en ma faveur. Néanmoins je n'avais pas poussé la condescendance *jusqu'à ôter les réponses de la Linotte*, et la pièce fut refusée définitivement.

Je n'ai pas été à l'Athénée depuis ce jour-là.

Mais il me revient à l'idée un autre refus dont le motif fut si extraordinaire, que, bien que je sois loin de vouloir parler de tous, je cède à la tentation de le mentionner. Il s'agit de la fable *le Renard attaqué du spleen*, où M. Pradier-Fodéré trouvait très-mauvais que le *Lapin* engageât le *Renard* à devenir bon comme lui, à se marier, et à vivre en honnête animal et bon père de famille ; prétendant que ce conseil était *immoral et dangereux*, vu qu'il aurait pour résultat de propager une race de méchants (1).

Je voudrais bien clore cet interminable chapitre, mais, tenant à rendre à chacun ce qui lui est dû, je me vois forcée de faire remarquer auparavant que l'honneur d'avoir inventé et pratiqué en premier lieu à mon égard ce système de critique si judicieux dont je viens de donner de nombreux échantillons, n'appartient pas à l'Athénée, et pourrait être revendiqué par certain journal. En effet, il y a longtemps déjà qu'une feuille qui n'était signée de personne s'en était servie envers moi. Et il paraît même qu'elle l'avait trouvé fort commode et fort de son goût, puisqu'elle m'a envoyé trois fois l'article auquel je fais allusion : une par la poste, une par un individu qui le jeta sur le lit de la portière, et une dans la Vendée. Mais, par réflexion, je trouve que ledit article mérite un titre à part, et je vais le lui consacrer.

---

(1) C'est à l'occasion d'un mot de cet apologue, et au sortir de la séance où il fut refusé, que mes pudiques collègues allèrent composer une chanson des plus obscènes : ce qu'ayant appris, je dis que je connaissais un peu les diverses acceptions des termes dans le dictionnaire français, mais que je les ignorais entièrement dans celui des mauvais lieux.

UN ARTICLE DE JOURNAL.

Mme Caldelar érigée en *bas rouge*. — La Marseillaise de la paix.

Il y a peu de jours qu'étant occupée à classer quelques papiers, le journal en question tomba sous ma main. Je le relus, et, quoiqu'il date de loin, je fus aussitôt frappée du rapport étrange qui existe dans le ton de cette feuille et celui de mes confrères de l'Athénée. Quelques-uns d'eux, me demandai-je, n'auraient-ils point fait partie de la rédaction? C'est le même tact, la même bienveillance et la même urbanité.

Il s'agit de la fable : *les Deux Vases* (1), et le rédacteur, après avoir dit qu'il aimait à me voir voltiger et sautiller sur le vers de huit pieds, s'arrête au mot *pot à soupe*, qui lui inspire cette ingénieuse réflexion :

— « *Oh! mon Dieu, oui, ce serait un pot consacré à un autre usage qu'elle le dirait tout de même.* Mme Caldelar (Adèle) *a de ces hardiesses et de ces beautés.* »

Messieurs, il faut en prendre votre parti : Vous avez été devancés !....

Il est vrai que ledit article contient aussi des aménités d'un autre genre. Mais j'excuse l'auteur, en songeant que sans doute il n'avait fait *aucune enquête sur mon compte.*

Autrement il ne m'accuserait pas d'avoir été (2) *couronnée par l'ex-tyran* Louis-Philippe, et saurait que, si j'ai pu mériter des récompenses pécuniaires, je n'en ai encore ni reçu ni demandé.

Cette aimable feuille prenait en outre le soin de me signaler comme *un bas rouge;* elle revenait même à plusieurs reprises sur cette charitable qualification, laquelle, vu le moment (1850), m'était, je pense, octroyée par elle à excellente intention. L'auteur de l'article assurait aussi que j'avais été nourrie au biberon du socialisme, doctrine qui n'avait plus de secrets pour moi, et il terminait en exprimant le regret de ne pas connaître *de visu* ma dernière œuvre républicaine, plaisir que je m'empressai de lui procurer.

Or, pour l'édification de mes lecteurs, à quelque opinion politique qu'ils appartiennent, je place à la fin de cette brochure quelques strophes du chant national dont il s'agit (3), lequel a pour titre : *la*

(1) Voir l'Appendice, pièce n° 1.
(2) Termes de l'article.
(3) Voir l'Appendice, pièce n° 4.

Marseillaise de la paix: elles leur donneront une idée des sentiments qui m'ont animée constamment. Je n'ai, Dieu merci! besoin de renier aucun des fils de ma pensée, et je ne sais si, dans les cinq lustres qui viennent de s'écouler, beaucoup de gens en pourraient dire autant que moi (1).

LES RAPPORTS A L'ATHÉNÉE.

Le rapport de M. Prodhomme sur le second volume de fables de Mme Caldelar. — M. Prodhomme a lu la préface à l'envers. — Savante observation philologique de M. Prodhomme sur un *y*.

Toute personne, soit membre de l'Athénée, soit étrangère à cette société, peut lui adresser la demande d'un rapport sur quelque invention ou quelque ouvrage de sa façon.

Le règlement ne dit pas, à la vérité, dans quel ordre ni dans que délai doivent être faits ces rapports, mais le bon sens, d'accord avec l'équité, veut que ce soit le plus tôt possible, et, à moins d'urgence, dans l'ordre de la réception des demandes. Or, le plus souvent, c'est le contraire qui a lieu. Là, comme en tout, on est sous le régime du *bon plaisir*, et je crois que nulle part il n'est pratiqué sur une plus large échelle.

Les commissions sont nommées par le président, et ce sont souvent les gens les plus incompétents qui en font partie. Quant à moi (je continue de me donner pour spécimen de ce que j'avance), lorsque j'offris mon second volume de fables à la Société, on nomma rapporteur M. Prodhomme, lequel de sa vie n'a fait une fable ni même un vers.

Cet honorable individu, alors correcteur à l'imprimerie impériale, fut quinze mois sans présenter ce rapport; et chaque fois que j'en parlais à M. Darel, ce dernier me répondait qu'il s'en informait souvent, et que M. Prodhomme répondait toujours qu'il attendait à avoir moins de besogne.

---

(1) On était alors dans la saison des chaleurs; et je me rappelle qu'un ami m'étant venu voir, me parlait avec le plus grand étonnement de cet article pendant que je filtrais du jus de fruits. « Oh! — lui dis-je en lui montrant un moineau que j'élevais, — ce petit oiseau et moi nous sommes de farouches républicains qui passent leur temps à boire le sang des framboises et des groseilles. »

Or, il est bon de savoir que dans ces quinze mois M. Prodhomme a présenté six rapports; que, pour la plupart, ils étaient fort longs et fort élogieux, et que tous avaient été demandés après le mien.

Je cite d'une façon spéciale celui qui eut pour objet un mémoire sur l'éducation des femmes en Roumanie, que l'Athénée avait reçu depuis peu et dont l'auteur était Mlle Dunka, ouvrage que M. Prodhomme a honoré d'un rapport fort étendu, rapport qu'il a fait imprimer et qu'il n'a pas rougi de me remettre à moi-même, bien qu'alors il n'eût pas encore présenté celui qui me concernait.

Je ne crois pas en *trois ans* avoir *trois fois* demandé la parole à l'Athénée : voici, un soir, en quelle circonstance cela m'arriva.

Un membre de la classe de musique avait adressé une lettre au président pour se plaindre de ce que son rapporteur l'oubliait depuis quatre mois, et demander qu'il lui fût écrit à ce sujet. Je trouvai l'instant favorable, et il me parut original, M. Prodhomme assistant à la séance, de demander à M. Fournier si par la même occasion il ne pourrait pas faire aussi écrire à mon rapporteur. lequel m'oubliait, non depuis quatre mois, mais depuis douze. Ce qu'entendant, M. Prodhomme balbutia quelques mots d'excuse et de promesse.

Néanmoins, un temps assez long s'écoula encore avant qu'il *s'exécutât*. C'est bien le mot, car lorsqu'il apporta ce pauvre rapport, ce fut de l'air d'un homme que l'on conduit au supplice.

Je me souviendrai toujours de la façon contrainte et embarrassée avec laquelle il s'approcha du bureau, et de celle dont il y déposa mon volume. qu'il s'efforçait de dissimuler sous deux ou trois plus petits. Toutefois, cet acte difficile étant accompli d'une manière satisfaisante, il reprit un peu de calme, et commença par lire deux autres rapports auxquels, bien qu'ils ne fussent relatifs qu'à des opuscules, il avait donné une certaine importance. Mais lorsque arriva le moment fatal, ce ne fut qu'après avoir cherché d'un air inquiet à lire sur la physionomie de ses collègues jusqu'à quel point il pouvait s'aventurer à dire quelque bien de mon ouvrage, et s'être efforcé d'atténuer par une foule de précautions oratoires les maigres et plats éloges qu'il jugeait impossible de ne pas me donner, qu'il s'y résigna enfin. Ah ! je vous ai plaint ce soir-là, monsieur Prodhomme ! en honneur, je vous ai plaint, tant vous aviez l'air triste et malheureux. Car, bien que le côté grotesque d'une situation devrait l'emporter, ce semble, en de certains cas, mon cœur me joue de ces tours, de ne pouvoir supporter la peine des gens même le moins dignes de sa pitié.

Mais revenons et faisons-part au public de votre plus *remarquable remarque*.

— « Mme *Caldelar*, dîtes-vous, nous apprend, dans sa préface, que la

« plupart de ses apologues ne sont pas d'elle, mais trois ou quatre seu-
« lement. »

Ce qui m'obligea de faire *remarquer* à mon tour que Mme Caldelar
disait précisément le contraire, c'est-à-dire qu'à l'exception de trois ou
quatre, tous ses apologues lui appartiennent en propre. A quoi vous ré-
pondîtes qu'il était possible que vous vous fussiez trompé; mais que
cela était indifférent, la chose n'étant pas de conséquence.

Et comme je veux être juste, même pour ceux qui le furent ou le sont
le moins pour moi, j'ajouterai que ce soir-là M. Mathieu ne fut pas entièrement de votre avis, et émit cette courageuse opinion, qu'à *mérite
égal* on pouvait tenir *quelque compte* de l'invention à un auteur.

Le reste de votre rapport fut à l'avenant. Vous nous apprîtes que
vous aviez noté pour la lire la fable *le Ridicule et le Déshonneur*,
vu qu'elle n'est pas longue (elle a quatre vers), mais vous ne pûtes
jamais la trouver dans le volume (ce qui fit dire à un membre de
l'Athénée, grand amateur de calembours, que pour un rapporteur
c'était *ridicule et déshonorant*), et j'ai dû m'estimer heureuse que
cinq journalistes aient en cela été plus chanceux que vous. Car, sans
compter même les feuilles où elle a pu être insérée à mon insu, il
est à ma connaissance qu'elle a été reproduite par *le Siècle*, *l'Esprit
public*, *le Journal des Villes et Campagnes*, *le Furet* et *le Journal de
Versailles*. Toutefois, il n'y a, comme on dit, *qu'heur et malheur*
en ce monde, et à la place de l'apologue que vous cherchiez sans
pouvoir le rencontrer, vous eûtes la bonne fortune de mettre la main
sur un malencontreux *y* que mon imprimeur avait par inadvertance
substitué à un *i* français, dans le mot *paiement* : ce qui faisait en effet
clocher le vers. C'est, autant que je puis m'en souvenir, par cette observation importante que se terminait votre judicieuse appréciation.

Mais pendant que j'en suis aux rapports de l'Athénée, je me permettrai de demander à cette illustre société pour quelle raison elle ne m'a
jamais chargée d'en faire un, bien que le soin d'exprimer son opinion
sur les œuvres qu'on lui offre incombe d'ordinaire à chaque membre
des deux sexes tour à tour?

Je lui demanderai aussi comment il se fait que durant trois ans je n'aie
jamais non plus été nommée d'une commission, lorsque dans cet espace
de temps il n'est aucun de mes collègues qui n'ait fait partie d'un grand
nombre.

Ne serait-ce point, dans le premier cas, qu'on eût craint que je pusse
montrer quelque talent de critique? et qu'on eût appréhendé, dans le
second, que, mise en relation avec des confrères moins prévenus, je ne
fusse parvenue à m'en faire connaître pour ce que je suis en effet.

Quoi qu'il en soit, je veux qu'on puisse me juger sous *ce rapport des rapports* (ainsi que dirait M. Darel) comme sur tout le reste, et c'est pourquoi j'en mets à l'appendice deux de ma façon (1) : l'un sur une poésie de M. Lesguillon, et l'autre sur un recueil de pensées de Mme Bachi. On verra si dans les deux je ne me suis pas montrée une collègue consciencieuse et bienveillante.

LE RESPECT DE L'ATHÉNÉE POUR SON RÈGLEMENT.

Le Régime du bon plaisir. — Un archiviste pour rire. — Un scrutin dont il ne faut pas être *spirite* pour prévoir le résultat. — La sellette.

Le réglement de l'Athénée porte, article **23** :

— « Les travaux présentés pour être lus en séance publique doivent
« être entendus et approuvés préalablement deux fois : la première,
« dans la classe spéciale, qui, si une seconde lecture est demandée et
« appuyée, vote immédiatement à la majorité des membres présents;
« et la seconde lecture a lieu dans une assemblée générale, qui vote
« définitivement, mais à la majorité des deux tiers des membres pré-
« sents. »

Ce qui n'empêche pas ces messieurs de décider (*lorsque c'est leur bon plaisir*) que *telle* pièce de M. *tel*, qui veut s'absenter pour une dizaine de jours, ou de Mlle *telle*, qui a le désir d'aller à *tel* spectacle le lundi suivant, ne sera lue qu'à une séance seulement, à condition qu'elle le sera deux fois de suite. Chose aussi contraire à l'esprit qu'à la lettre du règlement, car il est de toute évidence qu'à la même heure, les mêmes juges ne vont pas se déjuger, et l'on peut d'avance, sans être *spirite*, prévoir le résultat du second scrutin. Toutefois, dans cette façon de se comporter, passablement jésuitique, il semble qu'il y ait encore un reste de pudeur pour les statuts; mais tout récemment l'A-thénée est allé plus loin encore, et sa galanterie a décidé qu'une personne qu'il venait de recevoir serait dispensée entièrement de la se-conde lecture, par ce motif — d'intérêt tout général, — comme on va voir, qu'elle ne pouvait assister que difficilement et pour peu d'ins-tants aux réunions de l'Athénée, les siennes ayant lieu le même jour.

(1) Voir les pièces n°s 5 et 6.

Le règlement porte aussi, article 17 :

« L'archiviste a la responsabilité du matériel des archives, dont il
« tient un état qui sert de répertoire. Il ne confie aucune pièce des
« archives aux membres de la Société, sans un récépissé et pour un
« délai de trois mois. S'il n'y a pas de restitution après ce délai, il en
« informe la commission administrative. »

Une fois, me fondant sur cet article, je priai l'archiviste (M. Darel)
de me prêter un volume pour quelques jours ; mais il me dit que cela
lui était impossible, non qu'il l'eût déjà prêté, mais parce qu'il ne
l'avait jamais eu. Et j'appris alors qu'il n'avait en garde ni les livres
ni les papiers, les premiers étant chez le président, et les seconds chez
le secrétaire général, lesquels en disposaient *selon leur bon plaisir*. —
Que voilà une société bien organisée !... (1)

A défaut du règlement, muet sur ce point, l'usage établit que la personne qui fait une lecture se place momentanément au milieu, afin que
tout le monde puisse l'entendre ; mais, en réalité, cela ne s'observe
encore que si *tel est le bon plaisir* du bureau, c'est-à-dire à l'égard de
celles qui ne plaisent pas à l'Athénée et que l'on veut critiquer ; les
autres restent où elles sont, dût-on ne pouvoir distinguer un mot à
l'extrémité opposée.

Aussi m'est-il souvent arrivé que, n'ayant pu assister à la séance, et
m'étant informée à quelques membres de ce qu'on y avait lu et présenté,
ils m'aient répondu qu'ils l'ignoraient entièrement. Et lorsque, pous-
sant plus loin ma curiosité, j'ai dit quelquefois à l'un d'eux que sans
doute cela ne l'avait pas empêché de voter pour ces pièces dont il ne
savait ni le titre ni le sujet,

« Mon Dieu ! m'a-t-il répondu naïvement, vouliez-vous donc que
j'allasse faire de l'opposition ? »

(1) J'appris, d'autre part, que le livre demandé par moi, et portant la
mention d'usage (offert à l'Athénée par l'auteur), avait été remis par celui-ci
au secrétaire, M. Pradier-Fodéré, avec la recommandation expresse de ne pas
s'en dessaisir et d'en faire le rapport lui-même. On ne peut être plus pré-
voyant d'un côté, ni plus complaisant de l'autre.

LES BANQUETS DE L'ATHÉNÉE.

Conduite diverse des sociétés, relativement à leurs banquets, envers les femmes membres de ces sociétés. — Celle où l'on trouve que les dames sont de trop. — Graves inconvénients des potages à la Crécy.

La plupart des sociétés sont dans l'usage de se réunir tous les ans dans un banquet. Mais elles varient singulièrement dans la conduite qu'elles tiennent en cette occasion envers les dames qu'elles admettent dans leur sein.

Au *Cercle des Sociétés savantes*, les femmes font partie du banquet sans rien débourser. — On trouve qu'elles payent suffisamment leur quote-part en esprit et en amabilité :

Ce qui est galant.

A l'*Athénée*, les femmes font partie du banquet aux mêmes conditions que les hommes. On a pensé que, participant aux charges et aux travaux, elles devaient aussi participer aux récréations :

Ce qui est juste.

A la *Société protectrice des animaux*, les femmes ne font partie du banquet ni gratuitement ni pour de l'argent. On trouve qu'elles seraient de trop :

Ce qui est grossier.

Mais revenons à l'*Athénée* et à ses banquets, auxquels j'ai pris part deux fois, l'une en 1861 et l'autre en 1862.

C'est le maître des cérémonies qui est chargé d'organiser ces repas, et les années dont il s'agit, M. Bayard de la Vingtrie se trouvait en être l'ordonnateur.

Je ne sais plus où ni chez qui eut lieu le premier. Quant au second, ce fut dans un restaurant du Palais-Royal que je ne pourrais non plus préciser. Mais si mes souvenirs sont si confus en ce qui touche les endroits où l'on se réunit, ils sont fort présents à l'égard de ce qui se passa, se fit et se dit.

En 1861, la table avait la forme d'un fer à cheval, et ma place, désignée comme les autres par le nom du convive écrit et posé sur son assiette, était positivement la dernière ; j'entends la plus proche de la porte, pour ne pas dire entre la porte et le couloir.

A peine y étais-je assise, qu'un vieillard, décoré de la croix d'honneur, et dont l'air et les manières respiraient la bonté et la distinction, vint me demander si ma santé exigeait impérieusement autant d'air ; et comme je répondis que non et qu'au contraire même je le redoutais beaucoup, il voulut bien s'étonner de me trouver là, et me dit qu'il avait d'abord été me chercher à côté du président, ajoutant qu'il avait lu mon premier volume de fables, et qu'il serait bien fâché de mourir avant la publication du second. Il m'engagea ensuite à aller le voir, s'excusant sur ses infirmités et son grand âge de ne pas me prévenir, et s'offrant à m'être utile s'il le pouvait. Puis il me salua après m'avoir demandé de vouloir bien accepter son bras, le dîner fini, pour passer dans le salon.

Aussitôt qu'il m'eut quittée, je questionnai la personne placée près de moi sur mon interlocuteur inconnu (1), et j'appris que j'avais eu l'honneur de converser avec M. Mirault, lequel avait été anciennement président de l'Athénée deux ou trois fois (2).

Après le dîner on fit de la musique et on dit des vers. Et comme chacun avait déjà soit joué ou chanté plusieurs morceaux, soit lu ou récité plusieurs poésies, un des invités vint me témoigner le désir de m'entendre aussi de nouveau. — « Volontiers, lui dis-je, si l'on me le demande ; mais j'en doute un peu. » — « Pourquoi ? reprit-il, les autres poëtes ont bien lu deux ou trois morceaux de leur composition. Vous nous avez dit une chose fort belle (c'était *une Visite du Génie*), mais très-sérieuse ; je serais si charmé maintenant d'entendre une de vos fables !...

Et comme je gardais le silence, assez embarrassée pour répondre. — « Mais tenez, reprit-il, je vais faire la demande moi-même. » Et, s'étant levé, il alla en effet parler à M. Reinvillier, et revint me dire, d'un air réjoui : « Vous voyez bien, M. le président va venir vous prier lui- « même de nous faire ce plaisir à tous. »

Mais, au lieu de cela, le moment d'après, M. le président envoya sa femme, Mme Reinvillier, chanter pour la troisième fois, ce qui fut le bouquet final.

Le banquet de 1862 fut, comme on le sait déjà, organisé, de même que le précédent, par les soins de M. Bayard de la Vingtrie.

Ma place y était, je crois, plus mauvaise encore qu'à celui de 1861 ; si mauvaise même, que M. Darel, bien qu'il n'en eût pas une beaucoup meilleure, insista tellement pour me faire changer avec lui, que je finis par y consentir.

(1) Cette personne était, je *crois*, M. Muré, qui avait obtenu le matin une médaille pour l'application de l'acier, et auquel je dis qu'étant mon unique voisin, il devait être aimable pour deux : obligation qu'il a bien voulu reconnaître et dont il s'est acquitté surabondamment.

(2) Cet homme d'intelligence et de cœur fut frappé le mois suivant d'une attaque d'apoplexie, et mourut un an après.

On servit à tout le monde un potage gras, qui était, je crois, au vermicelle ; et comme M. Darel, qui n'était séparé de moi que par deux ou trois personnes, s'aperçut qu'on m'en avait apporté un à la Crécy, il demanda au garçon par quel motif ? — « C'est, répondit celui-ci, que l'autre est fini. » — « Mais, reprit M. Darel, lorsqu'il y a deux po-« tages, on demande aux convives duquel ils veulent. » Et, se tournant vers moi : — « Si celui-ci ne vous plaît pas, madame, me dit-il, nous « pouvons encore changer. » — « Non, certes, dis-je, c'est bien assez « d'avoir accepté votre place. D'ailleurs, l'un vaut l'autre. »

Il paraît que, malheureusement, mon estomac ne fut pas de cet avis, car il rejeta cet aliment aussitôt, et à l'instant même je tombai dans le plus profond sommeil. Ce ne fut que le lendemain matin vers trois heures que je m'éveillai, et je n'ai nulle connaissance de ce qui s'est passé cette nuit-là.

On m'avait mise près d'une fenêtre ouverte, mes mains reposaient sur la barre, et ma tête sur mes mains. M. Darel était resté près de moi, et je sus par lui qu'à l'exception de M. Reinvillier, qui après avoir dit que ce ne serait rien, avait fait faire une potion que je vis là, et de M\u1d50ᵉ Lerebours, à laquelle j'avais l'obligation de quelque signe d'intérêt, personne ne s'était occupé de moi.

On avait dit des vers, joué du piano, chanté, dansé même, sans que j'eusse entendu un mot ni un son.

Au moment où j'ouvris les yeux, je ne pouvais m'imaginer où j'étais. La mémoire me revint pourtant peu à peu. Alors je dis à M. Darel que de ma vie je n'avais éprouvé rien de pareil, et que, bien même que je me fusse trouvée deux fois en danger de mort, je ne m'étais jusque-là évanouie jamais.

Toutefois, à part une grande faiblesse et beaucoup d'étonnement, je souffrais peu, et aussitôt qu'à l'aide d'un bras je me crus capable de descendre l'escalier, je m'empressai d'envoyer chercher une voiture. Ainsi qu'on peut le penser, il me tardait d'être chez moi et dans mon lit.

Or, ce que j'infère de cette étrange indisposition, c'est que le potage à la Crécy ne me convient nullement, qu'il produit sur moi l'effet d'un puissant narcotique, et que désormais je ferai bien de m'en abstenir.

L'année suivante, M. Fournier, alors président, demanda à M. Darel s'il ne m'engagerait pas à souscrire pour le banquet comme j'en avais l'habitude, et celui-ci lui répondit qu'après ce qui s'était passé il s'en garderait. Eh bien, un moment pourtant j'ai eu la velléité d'assister à ce banquet, mais en simple spectatrice cette fois. « Messieurs, « comptais-je dire à mes confrères, chez les anciens il n'était point de

« bon festin sans un convive que vous oubliez aux vôtres. C'est ce que
« cette nuit une ombre auguste est venue me rappeler, en m'enga-
« geant à jouer ce soir le rôle de ce personnage. C'est donc la Mort
« que je représente ici, par le conseil de la plus célèbre de vos défun-
« tes : conseil auquel je me suis rendue d'autant plus facilement, qu'il
« ne faut être ni bien jeune ni bien jolie pour avoir le physique d'un tel
« emploi, et de plus que la Mort ne rompt le pain avec personne ; mais
« si elle ne mange ni ne boit, elle parle en de certaines circonstances,
« et c'est pourquoi je me réserve de vous réciter ce soir l'une des plus
« admirables pages de la princesse que l'Athénée eut l'honneur de
« posséder. »

On trouvera à l'appendice (1) les deux strophes que, dans le cas de
réalisation de ce dessein, je me proposais de dire. Le lecteur, je pense,
les verra avec plaisir. Encore que Mme de Salm les ait composées dans
un âge fort avancé, son talent si remarquable et si viril n'y brille pas
moins dans tout son éclat.

L'ATTICISME DE L'ATHÉNÉE.

M. Fournier en Jupiter tonnant. — Mme Caldelar foudroyée. — M. Darel devenu muet
subitement d'un éclat de la foudre.

Bien que M. Darel soit mon voisin, nous allions rarement ensemble
à la Société ; mais, en revenant, il m'accompagnait presque toujours.
Un soir que j'y étais arrivée un peu tard, j'allai, sans rien dire à personne, m'asseoir à ma place habituelle en face de lui, et comme il a
la vue extrêmement basse, il ne me remit pas d'abord. Mais le moment
d'après, m'ayant reconnue, il me demanda de mes nouvelles à demi-
voix, et je lui répondis — sur le même ton — ces six mots : *Merci, cher
monsieur, toujours de même.* »

— « *Taisez-vous ! vous n'avez pas la parole,* » — me dit d'un ton
et d'un visage *se rapportant parfaitement à ce langage* notre courtois
président, *M. Fournier.*

M. Darel demeura si stupéfait que d'abord il ne trouva rien à dire ;
mais ensuite il fit observer à M. Fournier que cette injonction devait

(1) Pièce n° 7.

s'adresser à lui plutôt, sa question ayant provoqué ma réponse ; et il ajouta que, puisqu'il en était ainsi, il ne prononcerait plus un mot. Effectivement, le reste de la séance et la suivante il ne parla que par signes, comme les sourds-muets ; ce qui fit que les membres qui n'étaient pas au fait croyaient sérieusement qu'il avait eu une attaque d'apoplexie.

Il n'est pas inutile de faire remarquer que cette seconde mercuriale de M. Fournier était aussi pleine d'impartialité que d'opportunité et de politesse, vu que la plupart du temps, les membres du bureau causent entre eux, tout haut et en pleine séance, de mille autres choses que de ce qui fait l'objet de la discussion.

DEUX FAITS TRÈS-CURIEUX.

Ce qui ne s'était jamais vu sous le soleil. — Une gasconnade de l'Athénée.

Quoique ma triste personnalité ne soit que trop engagée dans ce débat, d'autres intérêts particuliers y sont mêlés, et le bien public même n'est pas en dehors ; car, en sus de ce que j'ai dit plus haut, savoir que tout homme doit ressentir la moindre injustice faite au moindre de ses semblables, l'Athénée a à répondre devant le public de certains griefs dont la divulgation ne saurait manquer d'exciter son étonnement.

On a dit, on a répété cent fois, qu'il n'y a plus rien de nouveau sous le soleil. Eh bien, l'Athénée a trouvé moyen de nous montrer du nouveau. Grâce à lui, nous avons vu une société littéraire mettre en délibération si elle doit vendre ses archives à l'encan ou à l'épicier.

Je vous laisse, ici, ami lecteur, le temps de ramasser cette brochure, car je sens qu'elle sera tombée de vos mains. — Quoi! direz-vous, ces volumes, ces manuscrits que nous adressons en hommage !...

Ces papiers, ces rapports, ces procès-verbaux, où l'on doit pouvoir, de génération en génération, puiser des preuves, des matériaux et des renseignements !

Ces plans, ces dessins, ces écrits de toutes sortes, dont l'archiviste doit être le soigneux et fidèle gardien !

Ce trésor enfin d'une société, que l'Athénée voit grossir depuis un siècle, vendu au poids ou à la criée pour quelques francs !

L'Athénée n'avait-il donc que cette ressource pour ne pas mourir de faim ?

' — Ce n'est pas cela : la plupart des membres de l'Athénée ont plus d'écus que de bon sens.

Ce qu'il s'agissait de faire vivre, ce n'était pas les membres de l'Athénée, mais le Bulletin de ladite société.

Car, il est bon qu'on le sache, tandis que la moindre association fait les frais d'une feuille où elle rend compte de ses travaux et en donne quelque spécimen, seul *l'Athénée* n'avait encore aucun organe de ce genre, et il venait justement de s'en créer un. Or c'était pour soutenir la frêle existence de son intéressant nouveau-né, lequel en dépit de ses paternels efforts, n'étant pas né viable, trépassa quelques mois après, qu'elle avait proposé l'étrange mesure que je viens de révéler.

Est-il rien de plus bouffon que ce fait, le premier des deux que j'aie annoncés?

Le second, qui ne lui cède en rien, je crois, a rapport à la crise cotonnière. On sait que de victimes elle a faites, et quelles sympathies ont excitées celles-ci, et l'on se rappelle également que le commerce, l'art et l'industrie ont rivalisé pour venir à leur secours, et qu'alors on pouvait souvent lire dans les journaux de n'importe quelle couleur :

« La maison de commerce *A*, le théâtre *B*, la société *C*, ont envoyé, qui trois, qui quatre, qui cinq cents francs provenant de telle collecte, de telle représentation ou de telle séance en faveur des ouvriers cotonniers réduits au chômage par les circonstances actuelles. »

Or, à cette époque, on vit paraître dans les feuilles les plus importantes ce fait-Paris :

« *L'Athénée des Arts* organise en ce moment une grande solen-
« nité au bénéfice des ouvriers cotonniers. »

C'est déjà, certes, une chose fort insolite, qu'une société prenant ainsi le tambour pour annoncer un projet ; mais combien n'est-il pas encore plus singulier de sa part de ne point ensuite traduire en fait ce dessein, et de rester sur une semblable gasconnade ! On ne pourrait trop en rire s'il ne s'agissait d'infortunes si réelles.

Ce n'est pas cependant que *l'Athénée*, car Dieu me garde de calomnier personne, et même mes calomniateurs, n'ait eu vraiment quelque idée de cette séance.

Mais :

L'Athénée voulait pour son concert les premiers artistes, et les premiers artistes ont refusé ; ou, si vous aimez mieux, n'ont pas accepté ;

L'Athénée voulait pour patronnesses les dames du plus haut rang, et les dames du plus haut rang ont refusé, ou, si vous aimez mieux, n'ont pas accepté ;

3

L'Athénée voulait offrir plus que toutes les autres sociétés, et il n'a rien offert du tout;

L'Athénée voulait donner une séance pour les ouvriers cotonniers au bénéfice de sa vanité, et cette séance n'a pas eu lieu.

En voyant rester *l'Athénée* assis dans un bon fauteuil, personne n'a jugé à propos d'attraper une courbature pour s'occuper du placement de ses billets.

En voyant *l'Athénée* serrer les cordons de sa bourse, on a trouvé qu'il valait mieux porter son offrande ailleurs.

L'Athénée ne voulait donner que son nom, et ce nom sur place n'a pas trouvé un amateur.

UN TROISIÈME FAIT, PLUS CURIEUX ENCORE S'IL SE PEUT.

Une proposition incroyable. — Lettres anonymes. — Une habitude.

Mais le sort me vient en aide. — Pendant que j'écris ceci, on m'annonce qu'un monsieur désire me parler. Je lui fais demander qui me l'adresse, il remet à ma domestique un papier pour moi, et sur ce papier voilà ce que je lis :

« Madame,

« Ma position sociale m'autorisant à faire admettre dans les Académies et Sociétés les personnes d'un *mérite réel*, et connaissant votre œuvre *les Amies de la Linotte*, je vous propose de vous faire recevoir membre de l'*Athénée de Paris* ou de la *Société libre des belles-lettres, sciences et beaux-arts*, ou même de l'*Académie nationale de France* (1) ou de *toute autre société que vous pouvez désirer*.

« Je n'accepte point d'argent d'avance, et les frais que nécessitera votre admission ne seront acquittables qu'après la réception de vos diplômes.

« Veuillez agréer, etc. »

N'est-ce pas charmant?...

Cette pauvre fable *refusée par l'Athénée* est, selon l'auteur de cette

(1) Heureusement que je n'ai pu confondre avec l'*Académie française*, la loi salique s'y opposant, sans cela, qui sait si, en fait de folie, la mienne n'eût pu aller jusque-là ?

proposition, ce qui doit m'ouvrir toutes grandes et à deux battants les portes de *l'Athénée* et de *toutes les autres sociétés.*

Et que l'on ne pense pas qu'il s'agisse d'une mystification, que ledit écrit soit apocryphe ou anonyme. — Non, non. Il n'a rien que de sérieux et d'authentique. — Il est daté, — signé, — paraphé. — Il porte une adresse imprimée et véritable. — Il est l'organe d'une science particulière. — Il est orné d'un en-tête magnifique. — Il est émané de gens se disant, ainsi qu'on l'a vu plus haut, dans une situation qui l'est plus encore. — Oh! mes bons, mes chers lecteurs! Ne regrettez plus l'argent que vous coûte cette brochure! Tout le reste fût-il ennuyeux, fade, insipide, assommant, *ceci le vaut!*

Mais puisque ce mot, *écrit anonyme*, s'est rencontré sous ma plume, je me permettrai à ce sujet une digression, et dirai que j'ai reçu un déluge de lettres de cette sorte. Dieu me garde de les imputer à qui que ce soit, bien qu'il me paraisse un peu difficile de penser qu'elles ne proviennent de personne.

Il y en a pour tous les goûts : — de toutes les formes, — de toutes les orthographes, — de tous les styles. — et de toutes les couleurs. — De facétieuses, de grossières, — de caustiques, — de sarcastiques, — de suppliantes, — de railleuses, de menaçantes même. — Elles offrent du moins le mérite de la variété.

Voici une phrase que je copie textuellement dans la première qui me tombe sous la main.

— « Vos fables sont on ne peut plus ridicules, et dans cent ans on « les demandera comme la chronique de Montfaucon.

« Un de vos amis. »

Dans une des autres, qui porte la fausse signature du curé de Notre-Dame de Bonne-Nouvelle, on me donne rendez-vous à la sacristie de cette église pour m'entretenir d'une œuvre de bienfaisance.

Eh! mais, — une idée me vient. — Ne va-t-on pas dire que je me les suis écrites à moi-même? Après tout, ce ne serait pas impossible. — Mais si je les ai ainsi préparées pour le besoin de ma cause en ce moment, je demande le grand prix de prévoyance, car les timbres font foi que dans la série quelques-unes remontent à treize ans et au delà.

On trouvera étonnant, peut-être, que j'aie gardé ces missives gracieuses; mais c'est en moi une habitude de longue date *de conserver toutes les lettres que je reçois*, et je n'ai pas fait d'exception pour celles-ci.

LETTRE DE M. LE MARIÉ DE CHAMPTENAY.

Texte et commentaire de ladite lettre. — Les propriétés d'une feuille de chardon.

Du jour où ma fable *les Amies de la Linotte* a été refusée, je ne suis pas, ainsi que je l'ai dit précédemment, retournée à l'Athénée, et, au physique comme au moral, cette abstention m'a été fort salutaire.

Plus frileux que mon corps, s'il est possible, mon esprit se glace au contact de la méchanceté; nul n'a plus besoin d'expansion et ne le peut satisfaire moins s'il ne se sent dans une atmosphère de bienveillance et d'affection.

Peu de fleurs résistent à la gelée, et celles de l'âme ne sont-elles pas de toutes les plus délicates?

Je n'avais donc, depuis onze mois, donné d'autre signe de vie à la Société que par l'envoi de ma cotisation trimestrielle, dont M. Darel avait bien voulu se charger (1), et si j'en faisais partie encore, ce n'était plus, ainsi qu'on vient de le voir, qu'aux dépens de ma bourse et que de nom.

En un mot, je me sentais heureuse d'oublier insultes et insulteurs, et le moment n'était pas éloigné, peut-être, où cet oubli eût été complet et profond.

Une lettre est venue en décider autrement.

Or, cette missive est en date du 31 mars 1864, et en voici le contenu :

« Madame et très-honorée collègue,

« Chargé par notre Société de lui faire le rapport sur la candidature de Mlle Bader, je viens vous prier de vouloir bien me donner quelques renseignements sur les antécédents et le caractère moral de l'aimable femme qui se présente à nos suffrages.

« Je suis fixé sur son talent.

« En m'adressant à vous, Madame, qui êtes son amie, je suis heureux de rendre hommage à votre juste impartialité, et en même temps de prouver à Mlle Bader quels sont les sentiments de cordiale bienveillance qui président à l'examen de la commission.

« Si vous avez la bonté de m'écrire les quelques détails que je vous

(1) Messieurs, avait-il dit, en la remettant, voilà des pièces de Mme Caldelar que vous ne refuserez pas.

demande, le plus tôt possible, vous me ferez plaisir. La courtoisie habituelle de l'Athénée ne doit pas faire attendre sa réponse à une charmante femme qui vient frapper à sa porte.

« Daignez me permettre, Madame et très-honorée collègue, de mettre à vos pieds les sentiments de respectueuse confraternité avec lesquels je suis

« Votre bien dévoué serviteur.

« J. Le Marié de Champtenay. »

Certes, pour quelqu'un qui n'est pas au fait, cette lettre n'a rien que de convenable; mais, je le demande à tous ceux qui ont bien voulu prendre la peine de me lire, après ce qui s'est passé, n'est-elle pas un inqualifiable outrage?

Qui choisit-on pour m'écrire et pour m'annoncer une candidature inattendue? L'un des deux membres qui se sont montrés le plus hostiles à la mienne!

Et que me dit cet homme, qui trois fois a élevé la voix pour soutenir que je n'ai point *de talent?* — Ce qu'il me dit : — C'est qu'il est inutile que je le renseigne sur *le talent* de la personne qui se présente, vu qu'il est fixé sur *son talent.*

Et que me dit cet homme, à moi, que l'on a d'abord refusée, puis ensuite tenue en suspens onze mois et plus avant de prononcer mon admission? — Ce qu'il me dit : — C'est qu'il faut lui répondre *promptement,* vu que la *courtoisie habituelle* de l'Athénée ne lui permettrait pas de faire attendre une charmante femme qui vient frapper à sa porte.

Est-il un persiflage plus manifeste? une agression plus gratuite?

Mais si patiente, si longanime même que soit une âme, ce n'est pas à dire que quelque ignoble projectile ne puisse l'atteindre et y causer une explosion d'indignation.

Et s'il est vrai, comme on le prétend, qu'une feuille de rose ne fasse pas déborder le vase le plus rempli, celles de chardon ne jouissent pas sans doute de la même propriété.

CHAPITRE IV.

LA SOCIÉTÉ DES SCIENCES INDUSTRIELLES, ARTS ET BELLES-LETTRES DE PARIS.

Animosité du secrétaire général. — Faveur du public. — Curieuse liste de refus. — Un homme faible. — Faits inouïs. — Un triomphe trop cher. — Ma retraite.

Je devins membre de cette Société le 21 août 1857 ; le président en était alors M. le marquis Duplanty, et le secrétaire perpétuel M. Lunel.

A peine y étais-je admise que j'eus l'honneur de mériter la haine du secrétaire ordinaire, M. E. Blanc Et c'est une justice à lui rendre, qu'il m'a gratifiée de ce charitable sentiment avec la plus grande persévérance, et qu'il a fait tous ses efforts pour m'être désagréable chaque fois qu'il en a trouvé l'heureuse occasion ; s'attachant même, lorsqu'il n'avait pas le bonheur d'en rencontrer où il pût m'offenser personnellement, à charger de ce soin quelques-uns de ses amis. Toutefois, dans les commencements, je dois convenir qu'il y garda quelque mesure. la chose n'étant pas sans difficulté, plusieurs de ceux qui depuis ont subi son influence, et sont entrés dans cette trame ténébreuse, étant alors les ardents admirateurs de mes vers.

Très-goûtée du public qui se réunissait à la salle de la Caisse d'É-pargne, longtemps je feignis de ne pas voir les dispositions malveil-lantes d'un certain nombre de mes collègues, et j'ai lieu de penser qu'ils en inférèrent ou de ma simplicité à cet égard, ou d'un manque d'énergie ; car bientôt je pus remarquer qu'ils ne cherchaient plus à me les dissimuler. Mais si dès la fin de 1858 elles furent manifestes pour moi, l'année suivante elles devinrent telles qu'elles durent frapper tous les yeux. Et je ne persistai à sembler y fermer les miens que par une volonté formelle d'agir de la sorte.

Du reste, comme j'étais absente la première de ces deux années au moment de la séance solennelle, il est vrai de dire que cela ne m'avait impressionnée que médiocrement, et je crois faire grand plaisir à M. Blanc, en lui apprenant aujourd'hui qu'aucune de ses imperti-nences ne m'a échappé.

Toutefois, si j'avais pu penser jusque-là n'avoir contre moi qu'une minime fraction de la Société, le refus de la fable que je présentai pour la grande séance de 1859 ne me permit pas de garder cette illusion, et il me devint dès lors évident que de la part de la majorité du bureau il y avait connivence et parti pris.

Le lecteur va en juger par ce tableau :

En 1859, Mme *Caldelar est refusée* parce que, après lui avoir demandé de faire une pièce de vers pour la séance solennelle et avoir accepté cette pièce, on décide deux jours avant la séance qu'on ne dira pas de vers.

En 1860, Mme *Caldelar est refusée* parce que l'on dit qu'elle s'y est prise trop tard.

En 1861, Mme *Caldelar est refusée* parce que sa fable *les Deux Atomes* (1), ayant 84 vers, est beaucoup trop longue ; et M. Blanc est agréé parce que sa causerie, ayant 345 lignes, est assez courte (2-3).

En 1862, Mme *Caldelar est refusée* parce qu'elle est Mme *Caldelar*.

Je vais revenir sur plusieurs de ces refus, car, malgré tout mon désir d'être brève, il est certaines particularités, relatives à deux surtout, que je tiens absolument à faire connaître ; mais j'ai voulu les grouper d'abord, pour que d'un coup-d'œil on pût en saisir l'ensemble et se faire sur-le-champ une juste idée de cette succession d'actes de haute équité.

Ce que j'ai à dire en ce qui touche celui de 1859 m'est bien douloureux, et je voudrais pouvoir me joindre aux éloges que la Société a accordés après sa mort à celui de ses membres qui la présidait en l'année dont il s'agit.

Je veux croire que M. Broussais possédait un grand nombre de vertus, qu'il avait toutes celles du médecin et de l'homme privé ; mais je suis forcée de lui dénier aujourd'hui, ainsi que je l'ai fait de son vivant, sinon toutes les qualités de l'homme public, au moins quelques-unes des plus nécessaires à un président.

Les plus essentielles ne sont-elles pas : la capacité, l'impartialité et la fermeté? Eh bien, j'ose dire que ces deux dernières lui manquaient absolument.

Naturellement porté à la bienveillance, d'un caractère doux, d'une humeur aimable et d'un agréable abord, chacun se sentait attiré vers

(1) Voir l'Appendice, pièce n° 8.

(2) Voir l'Appendice, pièce n° 9.

(3) Il s'agit ici du refus officiel. Mais, à cette même occasion, j'ai reçu deux autres lettres émanant de membres de la Société, et dont chacune assignait un motif différent à ce refus.

Qui pourra croire que l'un de mes correspondants y donnait cette raison :

« Que m'étant trouvée *six semaines avant* indisposée au banquet de l'Athénée, la fatigue de dire une fable pourrait me rendre malade pendant la séance de la Société des Sciences industrielles. »

Quelle touchante sollicitude pour ma santé !

lui, et c'est ce que j'ai éprouvé comme tout le monde. De son côté, il avait pour moi quelque sympathie et tenait en estime mes productions.

D'où vient donc que dans une circonstance il se soit conduit comme s'il n'avait eu pour ma personne que de l'aversion, et pour mes ouvrages, que du mépris ?

Ah ! D'où vient !...

C'est que sa faiblesse était extrême ;

C'est qu'il subissait toutes sortes d'influences ;

C'est qu'il voyait trop souvent par les yeux d'autrui,

Et que la faiblesse, dans un fonctionnaire public, est un défaut capital.

M. Broussais donc, qui, comme je viens de le dire, se montrait gracieux pour moi, et était venu m'apporter tout récemment plusieurs de ses œuvres, avec cette mention : *Hommage d'un ami*, m'avait demandé, quelques mois avant la grande séance, de faire un morceau pour cette solennité. Je m'étais rendue à son désir, et je lui avais ensuite communiqué ma composition, dont il m'avait fait force compliments.

Or, à peu près vers ce même temps, il avait nommé M. Blanc et moi membres d'une commission chargée d'apprécier un drame, commission dont il faisait partie lui-même et qui devait se réunir à son domicile, rue Bonaparte. Mais il arriva que le jour convenu il faisait un temps affreux, et comme néanmoins je me disposais à aller chez lui, on me l'annonça.

« Je n'ai jamais pu, me dit-il, me résoudre à vous laisser sortir par cette neige ; mieux vaut remettre et que nous venions chez vous. » Je m'empressai d'accepter cette offre obligeante, et il fut arrêté que cette petite réunion aurait lieu le lendemain lundi, à huit heures du soir, dans mon salon.

Mais le lendemain j'attendis jusqu'à onze, sans que personne vînt ni écrivît.

Et ce fut moi qui, prenant l'initiative, adressai dans la matinée du mardi à M. Broussais le billet suivant :

« Eh bien ! attendez donc les gens qui, eux-mêmes, ont fixé le « jour et l'heure ! Faites-leur un beau petit feu dans votre salon, et « préparez-leur un bon petit thé, pour qu'ils ne vous écrivent même « pas un pauvre petit mot de consolation !

« Ah ! cher président, il vous faudra plus d'une visite rue Pigalle « pour vous faire pardonner une conduite si peu digne d'un vrai « chevalier français !... »

Vers midi, je reçus de M. Blanc la lettre que voici :

24 novembre 1859.

« Madame,

« Je pensais aller vous lire ce soir, chez vous, le rapport sur le drame de M. Noiry, que m'a envoyé samedi dernier notre excellent doc-teur M. Broussais ; mais le mauvais état de ma tête m'a empêché de terminer ce rapport, que je lirai, je l'espère, vendredi prochain 25 courant, dans la séance de la Société.

« Agréez, Madame, l'expression de ma considération très-distinguée.

« ÉDOUARD BLANC. »

Et le jeudi suivant on me remit de M. Broussais ce que l'on va lire.

25 novembre 1859.

« Aussi indulgente que spirituelle, vous m'excuserez, Madame, de n'avoir pas été au rendez-vous de la commission, même lorsqu'il fut devenu impossible à cause de la réunion administrative. Et puis je ne manquerai pas d'aller goûter mon pardon dans une tasse de thé.

« Oserai-je vous dire que la réunion administrative a décidé qu'on ne ferait la lecture d'aucune pièce de vers le 27 ?...

« Ce qu'il me plaît de vous assurer, c'est que cette *caractérisation* y sera prononcée :

— « Mme Caldelar au style coulant, à l'invention heureuse, etc., etc.

« Agréez, Madame, mes sympathies pleines de respect.

« Je fais le rapport sur le drame de M. Noiry, et je le lirai ce soir.

« J. BROUSSAIS. »

Certes, il serait difficile d'imaginer une conduite plus étrange et plus offensante.

Voilà deux hommes, dont l'un a choisi lui-même le lieu, le jour et l'heure où ils doivent, conjointement avec moi, délibérer sur une œuvre littéraire, lesquels non-seulement manquent de parole, mais encore, sans autre raison que *leur bon plaisir*, m'excluent tour à tour d'une commission dont je fais partie au même titre, en vertu du même droit.

Et chacun d'eux, car à l'inique le grotesque vient se mêler, daigne m'apprendre que c'est lui qui fait et qui lira le rapport.

Il n'y a pas là d'équivoque possible. — C'est clair comme le jour :

— « *Je fais le rapport sur le drame de M. Noiry. Je le lirai ce soir,*
« *vendredi, à la séance.*

« E. Blanc. »

— « *Je termine le rapport sur le drame de M. Noiry. Je compte le*
« *lire à la séance, vendredi.*

« J. Broussais. »

Qui croire? — On ne sait.

Que croire? — Qu'il est impossible d'être plus injuste et plus impoli;
pour ne pas dire plus grossier.

Et cependant ce serait se tromper peut-être, car à quelque haut
degré que ces points se montrent dans les deux phrases précédentes,
il en est une dans la lettre de M. Broussais où je crois qu'ils éclatent
encore davantage.

En effet, qui ne la traduit ainsi?

Je vous ai priée il y a trois mois de faire une pièce de vers pour la
grande séance. J'ai trouvé cette pièce charmante et vous en ai félicitée
vivement. — Je vous ai aussi priée depuis de recevoir chez vous, tel
jour, à telle heure, les membres de la commission qui doit examiner le
drame de M. Noiry. — Et, *ce même jour, à cette même heure, où je
vous savais à nous attendre*, j'étais à la commission administrative, où
il a été décidé qu'à la grande séance on ne dira pas de vers.

Je n'ajoute rien, tous commentaires affaiblissent de tels faits. —
On a le sens moral ou on ne l'a pas.

L'indignation l'emporta en moi sur la peine de beaucoup : et c'est
sous l'empire du premier de ces sentiments que je me rendis à la séance
préparatoire du vendredi, qui avait lieu le soir même, et à laquelle
on était loin de m'attendre.

J'allai m'asseoir en face de M. Broussais, auquel je dis que je
demandais la parole au *président* pour me plaindre du *président;*
puis, dès qu'il me l'eut accordée, j'exposai sommairement ce qui m'a-
menait, et lus les lettres que j'ai mises sous les yeux de mes lecteurs.

Le bureau obtint de faire ajourner le débat en ce qui concernait le
premier grief, relatif au rapport sur le drame de M. Noiry, sous le pré-
texte qu'il ne fallait ce soir-là s'occuper que de la séance solennelle;
mais il ne pouvait faire écarter de même le second, puisque celui-ci
consistait dans le refus de me laisser dire des vers à cette séance.

Force fut donc d'écouter le récit de ce qui s'était passé à cet égard
entre M. Broussais et moi.

Je n'avais pas de témoins, et il eût pu nier; mais il n'en eut pas, je

crois, la pensée, et l'aurait-il fait qu'il n'eût persuadé personne. — La
vérité a un accent qui lui est propre.

— « Je conviens, dit-il fort troublé, que j'ai pu faire des promesses. »

— « Des promesses! dis-je, l'interrompant malgré moi, dites des
prières! »

Beaucoup de membres de l'assemblée, fort nombreuse ce jour-là,
m'entourèrent alors, et me donnèrent chaleureusement le conseil d'en
appeler de la décision de la commission administrative à la Société
tout entière. M. Blanc s'y opposa vivement; mais M. Broussais, crai-
gnant d'exciter un mécontentement général, et bien aise peut-être,
j'aime à le supposer de cette façon, de se voir forcer la main, dit que
la Société était souveraine.

On vota donc, et j'eus une majorité considérable.

C'est ainsi qu'une fois en sept ans j'ai pu dire des vers à la grande
séance de la *Société des Sciences industrielles*.

On a vu comment une fois en quatre, je suis parvenue à celle de
l'Athénée.

Mais le triomphe que je venais de remporter avait trop coûté à ma
timidité naturelle, trop blessé les délicatesses de mon âme, pour que je
voulusse en obtenir de semblables à pareil prix. A compter de ce jour
j'assistai même rarement aux réunions, et après le refus de mon apologue *les Deux Atomes*, je cessai entièrement d'aller à la société, où
je ne serais probablement jamais retournée sans les circonstances que je
vais narrer ci-après.

MON RETOUR A LA SOCIÉTÉ.

Le rapport de M. Huard. — Lettres incroyables. — La grande séance de 1862. — Une page
où l'on va de surprise en surprise. — Un alibi.

Une après-midi où je me trouvais dans le bureau d'un journaliste,
j'y vis entrer M. Adolphe Huard, qui me salua de la façon la plus gracieuse, et vint avec empressement me serrer la main. — « On ne vous
« voit plus, me dit-il, ma chère collègue, et l'on vous désire et vous
« regrette beaucoup. Pourquoi donc vous tenez-vous ainsi à l'é-
« cart? »

— « Je pensais que vous le saviez, lui répondis-je. » — « Oh! re-

« prit-il, les choses sont bien changées. Les membres qui vous étaient
« le plus opposés ont quitté Paris ou donné leur démission, et si vous
« nous reveniez, soyez certaine que vous seriez accueillie ainsi que le
« méritent votre caractère et votre talent. » Et comme je me taisais. —
« Tenez, dit-il, vous devriez nous envoyer votre second volume de
« fables. Je ferais nommer MM. Bonvalot et Maillard de la commis-
« sion, et c'est moi qui serais le rapporteur. Je suis sûr que vous auriez
« la médaille de première classe. »

Cette dernière considération n'avait pour moi rien de bien déterminant ; j'ai depuis longtemps appris à connaître la valeur réelle de ces
sortes de distinctions. Mais la moindre sympathie me touche, et celle
dont M. Huard se donnait comme l'organe me décida à lui envoyer
mon ouvrage.

A l'occasion de cet envoi il m'adressa le billet que voici :

« Madame,

« Je viens de faire nommer une commission pour examiner votre excellent livre ; je vais travailler à cet important rapport, qui sera fait, je
l'espère, avant la fin de juin. La lecture d'une partie de vos charmantes fables me fait désirer d'en posséder un exemplaire. Oserai-je
espérer que vous voudriez bien m'en faire hommage ? je laisse cette
appréciation à votre bienveillante obligeance.

« Veuillez agréer, etc. »

Je fis remettre quelques jours après à M. Huard l'exemplaire qu'il
me demandait pour lui-même, et l'ayant invité un peu plus tard à une
soirée que je donnai à la salle Beethoven pour y faire jouer un proverbe
de ma façon, il m'écrivit à ce sujet ce que l'on va lire :

« Madame,

« J'ai reçu votre aimable invitation pour votre charmante soirée,
dont j'ai lu un compte rendu très-juste dans le *Messager des Théâtres*.
Veuillez m'excuser de n'y avoir pas assisté ; sous le poids de préoccupa-
tions de famille, cela m'a été impossible.

« J'ai lu votre excellent livre de fables et je ne suis surpris que d'une
chose, c'est qu'il n'ait pas été couronné par l'Académie française. Ne
l'auriez-vous pas présenté ? Je ferai le rapport relatif à cet important et
remarquable ouvrage de vendredi en quinze à la Société. Je suis sûr
qu'il obtiendra la plus haute récompense. Que ne pouvons-nous vous
en donner une plus digne de votre mérite !

« Veuillez agréer, etc. »

Ce ne fut néanmoins qu'à la séance du 25 septembre, la première à laquelle j'assistais depuis onze mois, et après quatre ou cinq remises successives, que fut lu ce rapport ; il se terminait ainsi :

« Je finis par deux mots sur la dernière partie de ce livre renfer-
« mant des contes en *vers* et des fables en *prose*. Chacune de ces pro-
« ductions ne le cède en rien à celles que j'ai citées au hasard.

« Partout une douce morale, une pensée vigoureuse, un style serré
« et concis, un but social et humanitaire, ont dirigé la plume de l'é-
« crivain. On trouve dans ce recueil la finesse de la femme, unie à la
« virilité de l'homme. Bref, d'un bout à l'autre cet ouvrage ne se
« dément pas.

« Permettez-moi d'ajouter, en terminant, que c'est une bien grande
« satisfaction *pour nous, de penser, au moment où l'un de nos littéra-*
« *teurs nous fait forcément défaut,* que Mme Adèle Caldclar revient
« assister à nos séances, et en rehausser l'éclat par la lecture de ses
« charmantes fables. Je crois en cela être l'interprète de toute l'assem-
« blée, et en particulier de notre savant président. Quant aux conclu-
« sions de mon rapport, elles seront conformes à votre conviction à
« tous. Je pense que l'on doit accorder à Mme Adèle Caldelar la seule
« récompense digne du véritable talent, joint à l'élévation de la pen-
« sée (la médaille de première classe). »

Ces conclusions me furent adjugées en effet; et, en me l'annonçant, le président crut ne pouvoir s'empêcher d'y joindre quelques mots de félicitation. Ensuite, je dis des vers : un parallèle (1), *l'Éloquence et l'Élégance,* et une fable, *la Vie d'une Rose,* et ces deux pièces furent applaudies avec un enthousiasme que mon cœur se plut à attribuer moins à leur mérite qu'au désir du public de me témoigner sa satis-faction de me revoir.

Cependant la grande séance approchait, et M. Huard me dit un soir :
« — Vous êtes bien sûre cette année de dire ce que vous voudrez ;
« vous aurez seulement à nous le faire connaître avant la réunion du
« conseil. » — « Eh ! mais, dis-je, je ne suis pas aussi persuadée que
« vous de cela, et il se pourrait encore que l'on dît . La majeure partie
« des apologues de Mme Caldclar étant bons, nous avons couronné l'ou-
« vrage, mais celui qu'elle propose ne valant rien, nous nous opposons
« formellement, pour cette raison, à ce qu'il soit porté sur le pro-
« gramme. » — « Quelle plaisanterie ! » — « Rien de plus sérieux.
« Seulement, j'ai trouvé, je crois, un moyen sûr d'éviter qu'il en soit

(1) Voir l'Appendice, pièce n° 10.

« ainsi : c'est de prier ces Messieurs du bureau de choisir eux-mêmes
« celle de mes fables qu'ils préfèrent. Il y en a de toutes les sortes
« et de toutes les dimensions, même de quatre vers ; celles-là,
« sans doute, ne leur paraîtront pas trop longues ; et je ne vois point
« comment alors, sans être en contradiction évidente, ils pourraient
« me refuser, car ce serait dire : — « Voilà des fables que nous avons
« jugées dignes de notre plus haute récompense, et en la leur décer-
« nant nous avons même exprimé le regret de ne pouvoir leur en accorder
« une plus élevée. Cependant, nous le déclarons, il n'y en a pas une,
« pas une seule, qui, à notre avis, soit digne d'être lue publiquement,
« et nous y mettons empêchement par ce motif. »

Mon interlocuteur fut peu convaincu, mais il n'insista pas cependant,
et je lui adressai une lettre officielle dans le sens dont nous étions
convenus, à laquelle il répondit par ce billet :

« Madame,

« Vendredi dernier, à la séance du *Conseil d'administration*, j'ai eu
l'honneur de soumettre la proposition contenue dans votre honorée
lettre du 28 courant.

« Voici la décision du conseil :

« La fable *l'Enfant et le Papillon* (1) sera lue *par votre serviteur* à
la grande séance du 7 décembre.

« J'ai dû, Madame, me charger de la lecture de votre charmante fable,
pour obtenir qu'elle soit portée au programme.

« J'ai, cette fois encore, été heureux, Madame, de me mettre à la dis-
position de votre talent.

« Veuillez, Madame, etc. »

Je lus deux fois ce billet sans pouvoir imaginer un motif quelconque
à la décision de ces Messieurs ; à la troisième, il me sembla se faire une
éclaircie dans mon cerveau, et deux se présentèrent à moi simultané-
ment.

Avait-on craint que ma présence ne fît s'enfuir les petits enfants
et s'évanouir les femmes grosses ?

Avait-on espéré qu'habituée à lire mes fables moi-même, et ayant
eu de nombreux succès sous ce rapport, je ne consentirais pas à ce que
M. Huard le fît à ma place, et que par là je me brouillerais avec lui ?

Philanthropie ou charité, nobles mobiles entre lesquels incertaine
flottait ma pensée.

Mais je ne voulus considérer qu'un seul point : M. Huard avait été
bienveillant pour moi. Son rapport en faisait foi, — je lui en devais,

(1) Voir l'Appendice, pièce n° 11.

— je lui en avais une véritable reconnaissance. Le blesser ne put donc une seule minute trouver accès dans mon esprit, et, imposant, pour l'instant du moins, silence aux voix intérieures qui grondaient si haut en moi, je lui écrivis à l'instant, sans nul commentaire, un mot de remerciement et d'acceptation.

Je n'allai pas à la séance, mais je priai quelques amis d'y assister, et l'un d'eux vint le jour même m'en rendre compte et m'en apporter le programme.

La surprise de mes lecteurs sera grande, je pense, en apprenant qu'on n'y voyait ni mon nom ni celui de M. Huard, et elle s'augmentera sans doute encore quand je leur dirai que la mienne au contraire fut assez médiocre. La manière dont les sociétés ont agi à mon égard fait que rien d'elles ne saurait plus m'étonner.

Toutefois, je désirais savoir de quelle façon s'était comporté M. Huard, et je pris le parti d'aller sur-le-champ lui demander une explication.

« — Madame, me dit-il, croyez bien que j'ai été aussi confondu et
« aussi indigné qu'il soit possible de l'être. Je n'en pouvais croire mes
« yeux, et j'ai tout d'abord demandé au président de vouloir me dire
« ce que cela signifiait. » — « Adressez vos plaintes à M. Lemaire,
« m'a-t-il répondu, il est commissaire de musique et organisateur de
« la séance, c'est donc lui que la chose regarde et non pas moi. » —
» Mais, est-il là? » — Oui, allez dans la chambre des artistes, vous
« l'y trouverez. »

« Il y était en effet. Je l'aborde et lui fais la même question qu'à
« M. Castaing. » — « Mon cher, me dit-il, je n'y suis pour rien : ce
« qui s'appelle pour rien. C'est le président qui n'a pas voulu. » —
« Mais, lui, dit que c'est vous. » — « Rien n'est plus faux. Vous pou-
« vez le lui dire s'il vous convient. J'avais fait porter la fable de
« Mme Caldelar, l'Enfant et le Papillon, c'est lui qui l'a rayée sur l'é-
« preuve. Il y a fait deux traits en croix de sa main.

— « Eh bien, dis-je à M. Huard, vous-même, que pensez-vous de
« cela? » — « Mon Dieu! que ce sont des gens injustes, très-injustes,
« des mal-appris... des... Mais qu'y puis-je? » — « Alors, adieu. »
Et, me levant, je m'empressai de saluer, et je m'allais retirer, quand
une idée me vint. — « Je désirerais aussi savoir, ajoutai-je, si, quand
« le conseil a décidé que je ne dirais pas ma fable moi-même, tous les
« membres ont été de cet avis. » — « Très-certainement, excepté
« Maillard et moi. » — Et comme M. Turpin de Samsay, qui était dans
une pièce voisine, vint à traverser celle où nous nous trouvions : —
« Ah! et puis aussi Turpin, il me semble, reprit M. Huard, cherchant
à se remémorer. » Sur quoi M. Turpin s'empressa d'invoquer un alibi.

Le 3 mars 1863, je reçus de M. Maillard la lettre que voici :

« Madame et honorée collègue,

« J'ai l'honneur de vous informer que notre Société, sous la présidence de M. Castaing, a décidé qu'elle organiserait un concert au profit des ouvriers cotonniers sans travail, et qu'elle a nommé une commission à cet effet.

« Vous avez été désignée, madame, pour faire partie du comité d'organisation, à titre de membre honoraire.

« Confiant en votre esprit de charité et de bienfaisance, j'ose espérer, madame et collègue, que vous daignerez vous associer à cette œuvre, en vous chargeant du placement des billets que je vous ferai parvenir dès que le jour et le lieu de la séance seront fixés.

« Veuillez, madame, etc.

« *Le commissaire général.* »

Je fis à cette missive la réponse suivante :

« Monsieur,

« La manière dont la *Société des Sciences industrielles* s'est comportée envers moi ne me permettrait pas de m'occuper du placement de ses billets avec convenance et dignité.

« Toutefois, monsieur, comme, au témoignage de M. Huard, vous n'êtes pour rien dans les griefs dont il s'agit, je vous prie de recevoir personnellement mes excuses et mes regrets.

« Veuillez, etc. »

Depuis, je n'ai jamais revu M. Huard, et je ne suis jamais retournée à la *Société des Sciences industrielles*.

CHAPITRE V.

LA SOCIÉTÉ PROTECTRICE DES ANIMAUX.

Un mot galant. — Le vent maudit. — Quand on a la justice pour devise. — Un programme d'une constitution délicate. — Précieuse qualité des grenouilles.

Au mois de mai 1860, M. Bourguin, qui faisait alors quelquefois à Mme Caldelar le plaisir de la visiter, l'engagea à faire partie de cette

Société, où il lui offrit d'être son présentateur, et celle-ci, ayant accepté, y fut reçue au milieu du mois suivant.

Certes, Mme Caldelar eût agréé la proposition de M. Bourguin, n'eût-elle été mue que par le désir de lui complaire en cette occasion ; mais aussi toute autre personne la lui aurait faite, qu'elle l'eût écoutée également ; car elle avait vu briller en tête des statuts ce mot magique : — *justice*, — invincible aimant vers lequel son âme est toujours prête à se diriger.

A compter du jour de mon admission jusqu'à celui-ci, j'ai composé pour cette Société six poésies, dont j'ai dit quatre, savoir : — *la Pauvre Bourrique*, — *le Petit Méchant*, — *Deux Amis*, — *la Loi Grammont en six vers*, — aux séances mensuelles, et une, — *le Bon Cocher*, — à la séance solennelle de 1863.

Toutes ont été accueillies avec faveur par la Société et non moins par le public.

Il semblait donc que je dusse n'avoir rien à redouter de cette douce et compatissante Association, et que même la bienveillance dont j'étais l'objet ne pût que s'accroître avec le temps, dont l'effet naturel devrait être de serrer plus étroitement les nœuds de l'estime et de la confraternité. Et sans cause appréciable cependant, cette faveur s'est changée en disgrâce, — cette bienveillance est devenue de l'hostilité.

Mais avant d'en mettre les preuves irrécusables sous les yeux de mes lecteurs, je leur demande deux minutes d'attention pour une petite aventure qui a précédé de quelques mois ce changement à mon égard.

Le jour où j'avais dit *le Petit Méchant*, pièce qui venait de me valoir de nombreuses marques de sympathie, j'avais pris pour revenir chez moi l'omnibus de l'Odéon, dans lequel j'étais à peine installée, quand un monsieur que je ne connaissais pas même de nom, mais que je reconnus pour avoir assisté à la séance, y monta. Il s'assit à la place la plus proche du conducteur, alors seule vacante ; mais, dès qu'une stalle se trouva vide près de moi, il vint l'occuper, et, m'adressant la parole peu après, me dit que j'avais été très-applaudie. — « On a été indul-
« gent, lui répondis-je, car ce que j'ai dit est une bagatelle et rien de
« plus. » Sur quoi, me regardant d'une singulière façon : — « Dites
« plutôt *rien du tout*, » repartit-il ; et, enchanté de m'avoir lancé ce trait d'esprit, il descendit.

J'ai, dans le temps, rapporté cet étrange propos à plusieurs de mes connaissances.

Mais je reviens à la Société protectrice elle-même, et vais montrer quelle *justice* j'ai rencontrée dans une *Société* qui prend la *justice* pour sa devise.

L'année dernière, six semaines pour le moins avant la Pentecôte,
époque de la séance solennelle, je crus à propos d'aller voir M. Bourguin, et, bien qu'il demeure au Val-de-Grâce et moi à la barrière
Blanche, je m'en fis un véritable plaisir, car c'était un des hommes
dont depuis longtemps j'appréciais le plus la valeur personnelle et la
courtoisie. J'y allai donc, et choisis le mercredi, me croyant on ne
peut plus sûre de le rencontrer, vu que c'est son jour ; mais on me dit
que, par extraordinaire, il n'y était pas, ce qui m'obligea d'y retour-
ner le lendemain, et dès le matin, ayant été prévenue que plus tard je
ne le trouverais point.

M. le secrétaire général me donna pour raison de son absence de la
veille, que son fils et le beau temps l'avaient entraîné à des expériences
agricoles, et comme je crus m'apercevoir que c'était l'instant de son
déjeuner et qu'il souhaitait peu que ma visite se prolongeât, je me
hâtai d'en expliquer le double but.

« Voilà d'abord, lui dis-je, une petite note sur un brave homme
« de voiturier que j'ai eu occasion de voir cet automne dans la Ven-
« dée. Je lui crois tous les droits possibles à une mention, et comme
« cette sorte de distinction n'est pas de nature à appauvrir la Société,
« je vous avoue que je me suis presque portée fort de la lui faire ob-
« tenir.

« C'est l'un des motifs qui m'amènent près de vous.

« L'autre est relatif à la grande séance. Je désire savoir si je puis
« présenter une pièce de vers. »

Sur le premier point, il me répondit qu'il fallait adresser ma demande officielle au président ; mais que, d'après ce que je venais de
lui dire, il ne lui paraissait pas douteux que l'individu auquel je m'in-
téressais eût une mention, qu'il pensait même bien qu'on lui donnerait
une médaille (1).

A l'égard du second, il s'étonna que de ma part cela fît l'objet d'un
doute. — « Mais, dis-je, si j'avais été devancée et qu'il y eût déjà plus
« de morceaux qu'il n'en faut ? — Ce n'est pas, me répondit-il. Une
« seule personne m'a apporté des vers. Ils sont bons, mais c'est un
« volume plutôt qu'une pièce, et je ne sais si l'auteur en pourrait ex-
« traire commodément un fragment, ni s'il le voudrait. — Puis-
« qu'il en est ainsi, repris-je, je vais me hâter de finir ce que je
« destine à cette solennité. »

Je m'empressai, en effet, de terminer la pièce dont il s'agit, et, dès
qu'elle fut achevée, je l'adressai à M. Bourguin, dont, vingt jours

____

(1) Pauvre Giraud ! je vous ai porté malheur, car jamais on ne m'a même
honorée d'un mot de réponse à votre sujet, et je suis bien persuadée que si
tout autre eût parlé en votre faveur, vous auriez eu une récompense.

après, je n'avais pas encore reçu de réponse. Je m'en préoccupais peu, toutefois; d'abord, parce que le langage qu'il m'avait tenu me faisait croire à l'admission; ensuite, parce qu'il est élémentaire en civilité que l'on ne fasse jamais attendre un refus.

Cependant, comme on était aux derniers moments et que je commençais à trouver ce silence inexplicable, j'envoyai ma petite bonne avec un mot, afin d'en savoir la cause.

« J'écrirai ce soir à votre maîtresse », dit M. Bourguin. Mais elle insista pour qu'il le fît tout de suite. Il y consentit, et elle m'apporta ce billet :

> « Madame,
>
> « J'ai lu, non pas comme vous l'auriez fait vous-même, mais de mon mieux, votre pièce au conseil. On l'a trouvée fort bien, mais beaucoup *trop longue* (1) pour la séance publique, *dont le programme est très-chargé.*
>
> « On vous prie *instamment* de la réserver pour une de nos séances particulières.
>
> « Agréez, je vous prie, etc. »

Allons, me dis-je après avoir lu,
Là encore a soufflé le vent maudit;
Il y est arrivé plus tard, voilà tout.

Mais ce n'est pas l'instant de chercher d'où ni comment il est venu, et pour le quart d'heure il y a autre chose à faire.

Trois jours me restaient.

Je fis imprimer mes vers;

J'obtins l'autorisation du colportage;

Je m'assurai d'un distributeur,

Et le lundi de la Pentecôte, je fis distribuer ma pièce, *le Pouvoir des Mots* (2), à la porte de la salle Saint-Jean, où se tenait la séance solennelle.

J'assistai à cette séance; mais je préférai rester confondue avec le gros du public afin de mieux en juger les impressions; et, comme on peut le penser, mon premier soin fut de demander le programme.

Pardonnez-moi, lecteurs, je vous ai trompés... Je vous ai trompés

---

(1) Cette pièce a *un vers* de plus que celle que j'avais dite l'année précédente. D'où il résulte que *ce vers* fût-il un alexandrin de douze monosyllabes, si MM. le vicomte de Valmer, Bourguin, Genty de Bussy et le docteur Blatin eussent eu la complaisance de retrancher chacun trois mots de leurs discours, Mme Caldelar eût eu le temps de dire sa pièce.

(2) Voir l'Appendice, pièce n° 12.

quand je vous ai dit que de la part des Sociétés rien ne pouvait plus me surprendre; car lorsque j'eus jeté les yeux sur la feuille qu'on venait de me remettre, je la laissai échapper.

J'avais cru être en butte à l'injustice, rencontrer le mauvais vouloir et le passe-droit;

Et devant moi je voyais se dresser la répulsion, la haine et l'acharnement.

Eh! comment expliquer le fait d'une autre manière?

Depuis que je fais partie de la Société, et peut-être depuis qu'elle existe même, on a toujours lu quatre poésies à la séance solennelle; et cette année, *ce programme trop chargé* n'en portait pas une,... pas une seule. — Qu'en dites-vous?

On y voit, il est vrai, figurer le nom de Mme Anaïs Ségalas, mais sans que rien indique ce qu'elle doit dire.

On lit bien aussi au bas ce mot : — *Vers.*

Mais quels vers? — Par qui ces vers? — Qui dira ces vers? —

Sans doute, le jour où fut arrêté et même celui où fut imprimé ce programme, bien embarrassés eussent été tous les membres du bureau pour répondre à ces questions.

Mais pas un de mes lecteurs ne sera en peine de résoudre celle-ci :
En réalité, qu'est-ce que cela signifie?

Tous s'écrieront : — « Cela signifie qu'on ne voulait pas, *absolument pas*, que Mme Caldelar dît des vers. »

Et peut-être quelques-uns, plus explicites, ajouteront-ils, se faisant l'organe de ces messieurs du Conseil :

— « Nous n'avons pas du tout de vers cette année, disons à « Mme Caldelar que nous en avons beaucoup.

« Mme Caldelar a composé une pièce *pour la grande* séance, disons-« lui de la réserver *pour une petite.*

« Nous avons trouvé bon que Mme Sezzy récitât une pièce *de M. Les-« guillon* de *quatre cents vers*, vu qu'elle était d'une dimension fort « raisonnable : trouvons impossible que Mme Caldelar en dise une « *d'elle* de *deux cents vers*, parce qu'elle est d'une étendue exor-« bitante.

« La pièce que Mme Caldelar présente est *inédite :* prions Mme Ségalas « d'en dire une qu'elle *a déjà dite à notre séance solennelle*, en atten-« dant que nous la fassions imprimer dans *notre bulletin, où elle a* « *déjà été imprimée.*

« Il faut être *juste* avant tout, morbleu! *La justice*, c'est notre « devise! »

— « Mais Mme Ségalas a un plus grand nom que vous. »

— « Qui en doute? »

— « Mais elle fait les vers mieux que vous. »

— « Qui dit le contraire ? »

« A une rentrée des cours de M. Lévi Alvarès, j'ai fait pour Mme Sé-
« galas, et à sa louange, un impromptu que ce célèbre et éminent
« professeur a inséré dans son journal.

« A la distribution des prix de Mme Parisse, j'ait dit à la place de
« Mme Ségalas, qui dans le moment ne pouvait se la rappeler, une
« des pièces les plus charmantes de ce poëte charmant : *l'Enfant et
« le Vieillard*, et, depuis encore, je l'ai récitée en je ne sais combien
« d'endroits ni combien de fois.

« Car j'admire tout ce qui est admirable :

« Partant, les vers de Mme Ségalas ;

« Et je mésestime tout ce qui est mésestimable :

« Partant, l'injustice d'où qu'elle vienne. »

J'avais jusqu'ici, monsieur le Secrétaire général, un peu confondu ces
expressions : *le sage* et *le juste ;* mais puisque dans l'un de vos ouvrages
vous prenez ce premier titre, je me garderai de croire désormais que
ces termes soient synonymes, non que je veuille faire entendre par là
que vous êtes un homme *injuste*, car cela supposerait que vous avez
fait de nombreux actes d'*injustice*, ou, autrement dit, que vous êtes
injuste habituellement, et je pense, tout au contraire, que vous ne
l'avez jamais été qu'une seule fois (1) et que pour moi.

Et pourtant je ne m'attendais pas, je vous l'avoue, à une semblable
préférence de votre part. Et, bien que j'eusse, depuis quelque temps
déjà, remarqué avec chagrin que le peu d'amitié que je vous avais crue
pour moi n'existait plus, j'avais encore une foi complète en votre
équité. Et je me suis demandé par quelle fatalité je vous parais moins
digne de bienveillance, non que des ânes, la chose pourrait se comprendre encore ; mais que des grenouilles !...

Ce n'est pas que je vous reproche votre sympathie pour ces intéres-
santes *batraciennes*, lesquelles passent pour jouir d'une propriété que
je souhaiterais fort trouver dans la race humaine : leur cœur, dit-on,
est visible et transparent.

Ah ! monsieur, que s'il en était ainsi, l'opinion qu'on a de certaines
personnes se modificrait ! ou plutôt que souvent cette opinion changerait du blanc au noir !

Quel malheur pour la plupart !... Mais aussi, quel bonheur pour
quelques-unes !...

(1) Deux maintenant, car vous m'aviez dit que vous n'insériez pas *la Loi
Grammont en six vers* dans le Bulletin, afin de la réserver pour l'Almanach,
et dans cet Almanach, qu'on vient de m'adresser, elle ne figure pas davantage.

CHAPITRE VI.

LE PROGRÈS ARTISTIQUE.

Un étrange système de compensations. — Un programme d'une humeur fort inégale.

L'expérience que j'avais acquise n'était guère faite pour m'engager à faire partie d'autres Sociétés. Mais comment se résoudre à croire que *la justice* ne se rencontre dans aucune? Et, si le nom de l'un des vice-présidents du *Progrès* me donna l'espoir qu'elle pouvait s'y être réfugiée, ai-je donc en cela fait preuve de déraison?

Écrivain remarquable et homme consciencieux, M. Bonnemère me semblait offrir aux membres de la nouvelle association, dont il est l'un des premiers fondateurs et des plus importants fonctionnaires, des garanties sérieuses d'impartialité, et c'est mon estime pour lui qui m'a surtout décidée à y entrer (fait qui remonte au 24 décembre 1862).

Du reste, même avant que j'y fusse admise, j'en reçus l'accueil le plus fraternel, et je me rappelle qu'à la première réunion où j'assistai, ayant lu une de mes fables : — *les Deux Feuilles*, — elle eut tant de succès qu'on vint me demander, au nom du public, d'en dire une seconde.

A la séance suivante, qui eut lieu à Noël, je dis des vers sur cet auguste anniversaire, et ils excitèrent de véritables transports. Un journaliste de *la grande presse* me les demanda même pour la feuille qu'il rédigeait.

Là donc, comme ailleurs, et contrairement à ce qui semblerait plutôt devoir être, c'est au commencement que j'ai rencontré les dispositions les plus favorables.

Tant que dans une Société dont j'ai fait partie des membres du bureau ne se sont pas trouvés en contact avec les membres d'un autre bureau, que de funestes influences ne s'y sont pas propagées, que des miasmes empoisonnés, venus je ne sais d'où, n'ont pas trouvé le moyen d'y pénétrer, je n'ai point eu lieu de m'en plaindre. Mais dès qu'y a soufflé ce vent étrange et fatal que je ne sais comment appeler, je n'ai eu que des affronts à en attendre.

On comprend toutefois que je n'entends pas ici parler du public, qui est hors de cause et m'a constamment honorée de sa bienveillance.

Cependant les choses allèrent encore quelque temps, au *Progrès*, comme d'abord. Je continuai à dire mes vers à la plupart des petites séances, et comme j'ignorais alors qu'on en lût aux grandes, lesquelles portent le nom de concerts, et où je croyais qu'on ne faisait que de la musique, je ne formai aucune réclamation.

A la fin, je trouvai pourtant singulier que dans une Société composée de littérateurs et de musiciens, les premiers ne se dussent jamais produire que devant une centaine de personnes, quand les seconds le faisaient devant deux mille. Bientôt, y réfléchissant davantage, il me parut que c'était là une iniquité manifeste, et si je n'eus pas le courage de l'attaquer, c'est que, je ne sais pourquoi, étant générale, elle me semblait moins odieuse.

Mais je n'avais pas seule fait ces réflexions : un membre bien plus capable que moi de développer ses idées, et tout autrement habitué à manier le glaive de la parole, M. Achille Gleizes, rédacteur au *Siècle*, frappé, lui aussi, de cet abus et de beaucoup d'autres, se chargea un jour de défendre la cause commune, et il le fit avec un talent, une modération et une dignité qui en eussent assuré le triomphe à tout autre tribunal. Mais celui-ci trouva plus commode de remettre son jugement, lequel, je crois, est encore à intervenir.

C'est vers ce temps que se produisit un petit fait que je tiens à rapporter, parce qu'il montre une fois de plus combien est compacte, quoique formée d'éléments hétérogènes, cette ligue dont depuis si longtemps m'enserrent les anneaux.

J'avais entendu, à une des séances musicales, une fantaisie pour piano d'un M. Laurent, membre de l'association. Elle me plut, et je demandai à l'auteur s'il lui sourirait de mettre en musique une cantate de ma composition. — « Oui, me dit-il, j'irai la chercher demain. »

Il vint en effet. Je lui lus cette pièce ; il m'assura qu'elle lui convenait parfaitement, et l'emporta, en me promettant de s'en occuper sous peu et activement, de telle sorte qu'elle pût figurer à une soirée littéraire et musicale que je comptais donner à quelque temps de là.

Or, après une attente de plus de six mois, pendant lesquels j'avais envoyé plusieurs fois s'informer où en était cette cantate, M. Laurent me fit enfin savoir que de sept morceaux il y en avait un de fini, et qu'il l'avait fait porter au programme du premier concert que devait donner *le Progrès*. Sur la foi de cette assertion, j'invitai une vingtaine de mes connaissances, et, curieuses d'entendre ce morceau, la plupart répondirent à mon appel. Mais, le jour arrivé, on exécuta tout le programme, à l'exception seule de l'article qui me concernait. La chanteuse, vint-on dire, se trouvait atteinte d'une subite indisposition. Et, là-dessus, le président s'empressa d'envoyer, pour combler cette lacune (ce sont ses termes), une musicienne, qu'on venait d'entendre deux fois, chanter une troisième : ce qui fit dire à mes amis qu'on leur donnait un singulier dédommagement, et qu'il eût été plus juste et plus naturel de me prier de dire quelques-uns de mes apologues.

Du reste, il est bon de savoir que, réelle ou simulée, j'appris la maladie de ma chanteuse de la même façon que le public, M. Laurent n'étant pas même venu me saluer ce soir-là, et que depuis je n'ai plus entendu parler de lui. Ce n'est que tout dernièrement, et sur mes réclamations pressantes et réitérées, qu'il m'a fait remettre mes vers, sans y joindre un mot d'excuse ni d'explication.

Cet épisode terminé, je reprends la suite de mon récit.

Sur la fin de mai, il vint à ma connaissance qu'un grand concert aurait lieu le mois suivant, et comme maintenant je savais positivement que certains membres lisaient leurs vers à ces réunions, j'écrivis le 2 juillet au président, M. Lefèvre, un billet que je lui envoyai par ma domestique, pour lui demander si je ne pourrais dire une de mes fables. Voici la réponse qu'il fit à ma camériste : — « Dites à Mme Caldelar que je lui écrirai ou que j'irai la voir mardi prochain. »

Mais il ne m'écrivit pas, et il ne vint pas. — Et cela pas plus les mardis suivants que le premier, ce qui m'obligea à lui adresser un second billet, qui, cette fois, se croisa avec la lettre ci-dessous :

« Madame,

« J'ai le regret de vous informer que le conseil d'administration du comité a décidé qu'aucune *lecture littéraire* (1) ne serait faite dans la solennité du 28 courant ; cette décision a été prise pour cette fois seulement. *La composition du programme n'a pas permis ce que tous nous aurions souhaité* (2). Je lirai un compte rendu des travaux de l'année. Si vous avez des notes à me communiquer, veuillez, madame, me les adresser de suite.

« J'ai l'honneur, etc. »

Si M. Bonnemère eût été à Paris, il est probable qu'à la réception de cette lettre je serais allée le voir. Son absence peut-être fut un avantage pour moi, puisque à l'égard de la conduite qu'il eût tenue en cette circonstance elle me permet de conserver quelque illusion.

Mais la boîte à surprises n'est pas vide encore, et naïf qui pourrait croire en pareille matière avoir épuisé le fond.

Certes, la lettre de M. Lefèvre, pas plus que la missive de M. Huard,

(1) Souligné par M. Gustave Lefèvre.
(2) Souligné par Mme Adèle Caldelar.

pas plus que le billet de M. Bourguin, n'avait rien d'amphibologique.

Le conseil avait décidé *qu'aucune lecture n'aurait lieu ce jour-là*. On regrettait de ne pouvoir m'entendre, on l'eût souhaité ; *mais le programme s'y opposait impérieusement.* — Et voilà que ce programme si malhonnête, si bourru, d'une humeur si revêche et si intraitable à l'endroit de Mme Adèle Caldelar, qui proposait une fable de trente vers, se montre tout à coup le plus complaisant, le plus accommodant et le meilleur enfant de programme qui fut jamais, envers M. Édouard d'Anglemont, qui demande à dire une pièce infiniment plus importante *en longueur* (1).

Depuis je ne suis pas retournée au *Comité du Progrès*.

CHAPITRE VII.

LA SOCIÉTÉ DES TRAVAUX LITTÉRAIRES ET ARTISTIQUES.

Un complément déterminant. — Une bonne fable de M. Poisle-Desgranges. — Une mauvaise fable de Mme Adèle Caldelar. — Petite revue des Sociétés.

Il ne manque pas de gens qui blâment ce vers que Racine place dans la bouche d'Oreste : — « *Eh bien! je suis content, et mon sort est rempli.* » — Sans doute, parce que jamais ils n'ont été en position de le bien sentir. Or, « *si les grands objets aux petits se comparent,* » ainsi que s'exprime Virgile, et après lui Delille, son traducteur, je puis dire que je dois à M. Guyot de Fère l'occasion d'apprécier toute la justesse de la pensée du poëte illustre que j'ai cité.

— « Quel est ce M. Guyot de Fère? »

— « C'est le gérant inamovible de la *Société des Travaux littéraires* « *et artistiques.* »

— « Et qu'est-ce que la *Société des Travaux littéraires et artistiques?* »

— « C'est une société dont M. Guyot de Fère est le gérant inamo-« vible. »

— « Fort bien. Mais comme nous en entendons parler pour la première fois, seriez-vous assez bonne pour nous donner quelques renseignements à son sujet? »

(1) Ceci n'est point une attaque à la pièce de M. d'Anglemont, dont je ne sais rien, sinon qu'elle avait une certaine étendue, mais à la partialité du pré-sident.

— « Bien volontiers. D'abord, je vous apprendrai que, d'après son prospectus, *elle a pour but « de favoriser et d'étendre les travaux de « ses membres. »* Ensuite, *qu'elle leur ouvre les colonnes de la feuille qui est son organe, où ils peuvent faire insérer des articles, des annonces et des réclames.* A quoi j'ajouterai, amis lecteurs, qu'il y a peu de temps, je n'en savais pas plus que vous sur l'existence de la dite Société, et que si je n'avais pas un beau matin reçu une lettre de son gérant, où il m'exprimait le désir de me voir en faire partie, j'en ignorerais probablement encore le nom.

Toutefois, et bien que je n'aie que répondu aux avances qui m'ont été faites, je veux convenir de mon *incorrigibilité,* car je devais savoir par expérience quel cas on fait des règlements et des programmes. Aussi est-ce humblement que je confesse être entrée dans cette nouvelle association, dont je devins membre au commencement de mars 1864.

Les séances avaient lieu alors dans un salon particulier qui ne pouvait guère contenir que de soixante à quatre-vingts individus, ce qui donnait à ces réunions un caractère presque intime. J'y disais deux fables chaque fois, et l'auditoire m'y a toujours témoigné une extrême bienveillance, et donné de nombreuses et chaleureuses marques de sympathie, ce dont je le remercie du fond de mon cœur. Mais comme après les vacances on trouva le local trop exigu, on prit le parti de louer la salle Molière, ce qui obligea à faire viser au ministère le programme des matinées musicales.

De ce moment, je dus copier les vers destinés à être lus en séance et les envoyer au comité ; car, bien que je n'en aie pas parlé jusqu'ici, la Société est *censée* administrée par un comité de douze membres, dont je fais moi-même partie depuis quelques mois, et cette hostilité sourde et latente que j'ai si souvent trouvée ailleurs ne tarda point à y pénétrer ; mais ce ne fut qu'après l'admission de deux nouveaux membres, MM. Dangin et Poisle-Desgranges, qu'elle commença à s'y montrer plus ouvertement. Je vais citer, entre bien d'autres, les deux faits où elle me parut le plus manifeste.

Voici le premier :

J'avais envoyé au gérant une petite pièce de dix vers pour le journal, et ayant reçu plusieurs numéros sans la voir, je lui demandai si elle paraîtrait bientôt, lui rappelant qu'elle ne tiendrait pas beaucoup de place.— « Oh ! me dit-il, si je ne l'ai pas mise, ce n'est point à cause de la dimension. » — « Alors, pourquoi ? » — « *C'est que j'ai trouvé les vers mauvais et la pensée fausse* (1). » — Mes lecteurs ap-

(1) Voir l'Appendice, pièce 13.

précieront. Je ne crois assurément pas que ces dix vers soient les meilleurs que j'aie faits, mais je ne pense pas non plus qu'ils soient pires que beaucoup de ceux qui, chaque mois, décorent le journal, et quant à la pensée, je m'imagine que personne autre que M. Guyot de Fère n'en contestera la justesse.

Maintenant j'arrive au second fait :

La malveillance s'y montre peut-être d'une façon sinon plus grossière, du moins encore plus éclatante. C'est en miniature un pendant du tableau que j'ai donné page 39, au chapitre de la *Société des Sciences industrielles*.

Mme Caldelar demande à dire une fable à la séance de rentrée du 9 octobre, et *Mme Caldelar est refusée*, par ce motif qu'on n'a pas songé à faire viser ladite fable. Or, il est à remarquer qu'à l'égard de cette formalité on n'a oublié que l'apologue de *Mme Caldelar* (1).

Mme Caldelar propose une pièce intitulée *Noël*, pour la séance du 11 décembre, et *Mme Caldelar est refusée*, bien qu'elle fasse observer que cette pièce est toute de circonstance, par ce motif que MM. Dangin et Poisle-Desgranges doivent faire chacun une lecture ; à quoi *Mme Caldelar* oppose, mais fort inutilement, cette raison, que la Société étant littéraire et musicale, il lui paraîtrait que l'on pourrait lire ou réciter trois morceaux de poésie, sur vingt et plus de musique qu'on exécute.

Mme Caldelar propose la fable *le Roitelet*, pour la séance du 8 janvier, et *Mme Caldelar est refusée*, parce que *l'on dit qu'elle s'y est prise une heure trop tard*.

Le 11 janvier 1865, *Mme Caldelar* reçoit de *M. Guyot de Fère* une lettre, où il lui apprend que *ses collègues* ont trouvé sa fable *le Roitelet un peu longue*, et qu'ils lui demandent aussi la suppression des deux premiers vers *comme inutiles*. *M. Guyot de Fère* ajoute que *Mme Caldelar jugera si elle doit tenir compte de ces observations*. *Mme Caldelar* prie un membre du comité de dire de sa part à *M. Guyot de Fère* qu'elle verra si elle peut raccourcir sa fable *sans en altérer le sens*, et, le 19 janvier, elle reçoit une nouvelle lettre de *M. Guyot de Fère*, conçue ainsi :

« Madame,

« *Nos collègues* du comité avaient espéré voir hier *Mme Caldelar*, d'autant plus qu'elle n'a pas répondu à la demande que je lui ai trans-

----

(1) J'ai dit l'apologue dont il s'agit à la séance du 13 novembre, où il a obtenu un grand succès.

mise *en leur nom*, et qui avait pour effet d'obtenir *qu'elle supprimât les deux premiers vers de sa fable* LE ROITELET, et de resserrer la narration, cette fable étant *jugée trop longue* pour être lue dans une matinée musicale (1).

« N'ayant pas eu l'honneur de voir Mme Caldelar, je lui rappelle ma lettre *et lui demande* une réponse.

« Je prie Mme Caldelar d'agréer, etc. »

Or, comme on le voit, il ne s'agit plus de *conseils*, ni de *faire des observations qu'on m'adresse le cas qui me conviendra*. C'est bien *un ordre*, un ordre *formel*, qu'on me donne cette fois, et auquel on joint un reproche immérité, car non-seulement j'avais chargé un membre du comité de ma réponse verbale, mais encore la première lettre de M. le gérant n'en demandait pas, et si j'en avais fait faire une, c'était par excès de politesse et de déférence.

Il en était autrement de la seconde, et j'y fis la réponse que voici :

« Monsieur,

« Après examen, mes amis ne pensent pas que je puisse restreindre ma fable *le Roitelet* aux proportions qui me sont *enjointes, sans en altérer le sens*. Or, pour concilier leur opinion avec *les exigences de mes collègues*, je prends le parti de la retirer.

« J'ai donc l'honneur de vous prévenir que je ne la dirai pas.

« Veuillez agréer, etc.

« 11 février 1865. »

Si je ne place pas à l'appendice l'apologue dont il s'agit, ainsi que je l'ai fait à l'égard de quelques autres, c'est pour ne pas grossir d'autant cette brochure, et parce que je préfère y donner une généreuse hospitalité aux *ânes galeux* de *mon bienveillant collègue*, M. Poisle-Desgranges (2). Cette fable a déjà été appelée, je le sais, à une double publicité, puisqu'elle a été dite en séance publique par l'auteur, et depuis insérée *in extenso* dans le journal de la Société ; de plus, une troisième lui est promise, ledit journal ayant eu soin de nous apprendre qu'elle fera partie de l'*album* ; mais pour un pareil chef-d'œuvre, dont le sujet est si gracieux, et les détails si pleins de délicatesse et de si bon goût, je ne trouve pas que ce soit encore assez, et c'est pourquoi je veux

---

(1) La gracieuse fable de M. Lachambeaudie, *la Rose la plus belle*, n'avait pas été critiquée moins vivement ; mais on n'*osa* pas intimer à l'auteur l'ordre de la refaire ; ce dont on trouvera le pourquoi dans *les Animaux malades de la peste*.

(2) Voir l'Appendice, pièce 14.

lui en donner une quatrième. Je me borne donc à soumettre à mes lecteurs les deux vers de ma fable *le Roitelet* dont *mes collègues* me demandent avec tant d'acharnement la suppression.

Aimons. — *C'est par l'amour* que l'homme au Ciel agrée.
Rien ne supplée au cœur. — Le cœur à tout supplée.

Serait-ce aussi une pensée fausse? et le comité, ou plutôt tous les comités croient-ils que ce soit *par la haine* qu'on plaise à Dieu? Leur conduite autoriserait à le présumer.

Ou bien est-ce l'indigence de la rime qui les choque? et le gérant de la Société des Travaux littéraires trouve-t-il plus riches celles que voici :

An nouveau   remonter,   lever,   resplendit   aujourd'hui.
Il faut   voler,   implorer,   infini,   il détruit.

Et tant d'autres de cette espèce dont ces Emile Deschamps et Théophile Gautier nouveaux émaillent si agréablement leurs poésies.

Il est vrai que M. Guyot de Fère dirige un journal ; que le membre dont il s'agit en rédige un ; et que Mme Adèle Caldelar n'a ni l'un ni l'autre de ces avantages, ce qui fait qu'elle ne peut insérer dans une feuille lui appartenant de petits articles dans le genre des deux suivants :

— « L'éditeur Benoit vient de mettre en vente de fort spirituelles romances. Les paroles sont de M. Guyot de Fère, ce spirituel parolier, et sur ces paroles, Mme Guyot de Fère a composé une musique charmante sur des motifs pleins d'originalité.

« DANGIN.

« 16 décembre 1864. »

— « M. Dangin a célébré très-poétiquement, dans ses vers, l'amour des mères.

« GUYOT DE FÈRE.

« 20 décembre 1864. »

Or, il s'agit d'une pièce où l'auteur s'était *permis* certaines licences poétiques très-peu *permises*, à l'égard desquelles *ses collègues* s'étaient *permis* à leur tour de lui donner quelques conseils, qu'il s'est *permis* à son tour de ne pas suivre, sans qu'on ait cru devoir lui *enjoindre* de s'y conformer et qu'on l'ait empêché de dire sa pièce *telle qu'elle était*. Il est vrai que M. Dangin a vingt ans et que c'est un homme (j'entends dire un être du sexe masculin), ce qui lui donne les droits les plus légitimes aux plus grands égards de la part de ses confrères du comité.

Mais, cessant pour quelques minutes de m'occuper uniquement de l'Association qui est l'objet de ce chapitre, je vais, comme je l'ai fait pour les banquets, passer rapidement en revue les différentes façons d'agir des Sociétés envers les littérateurs et les musiciens.

A l'*Athénée*, les uns et les autres payent une égale cotisation, et aux séances ils jouissent ou sont *censés* jouir de pareils droits ; la partie littéraire y occupant, quand les travaux sont assez nombreux pour cela, le même temps que la partie musicale.

A la *Société des Sciences industrielles*, les membres de cette catégorie payent seuls la cotisation. Les musiciens, les prosateurs et les poëtes en sont exempts. On les a mis au même rang sous ce rapport ; considérant que l'audition de leurs œuvres faisant le charme des réunions, ils ne devaient contribuer aux charges en rien.

Mais si la classe des lettres a des soirées particulières où elle peut faire connaître ses productions, ce n'est toujours que devant un auditoire fort restreint, et il ne m'en paraît pas moins très-injuste qu'à la séance annuelle, deux de ses membres à peine puissent se produire, lorsque toute la classe de musique peut prendre part à cette solennité, et que même souvent on réclame le concours de quelques artistes célèbres en dehors de la Société.

A la *Société protectrice des animaux*, les membres payent tous la même cotisation. Tous aussi peuvent demander la parole pour faire quelques communications ou quelques lectures aux séances mensuelles ; mais en réalité ce sont presque toujours les membres du bureau qui la réclament, et même souvent jusqu'à trois ou quatre fois. Je trouve surtout que l'on n'a pas assez d'égards pour la timidité naturelle aux femmes, et qu'on ne les encourage pas suffisamment à exprimer leur opinion, ce qui fait qu'eussent-elles à dire les meilleures choses du monde, la plupart ne l'osent, et qu'il est fort rare de les voir rompre le silence. Quant à la séance annuelle, on a vu plus haut que c'est l'arbitraire le plus absolu qui décide des œuvres qu'on y doit lire.

Au *Progrès artistique*, les membres de la classe des lettres et ceux de la classe de musique payent la même cotisation ; mais ils sont bien loin de jouir des mêmes avantages, puisque les musiciens peuvent se produire, non-seulement aux petites séances mensuelles, mais encore aux grandes trimestrielles, de même qu'à la réunion annuelle, où l'on décerne les récompenses ; tandis que ce n'est que rarement, de loin en loin, *et comme par tolérance*, que quelques poëtes se font entendre à ces dernières.

A la *Société des Travaux littéraires et artistiques*, les auteurs (prosateurs et poëtes) et les compositeurs de musique payent seuls la cotisation. Tous les autres musiciens (chanteurs et instrumentistes) ne payent rien. — *On trouve que la musique amuse le public, et que la poésie l'ennuie.* — Voilà du moins qui ne pèche pas en clarté. — Et les littérateurs qui ne seront pas satisfaits de cette raison seront, certes, des gens bien difficiles.

Il faut croire qu'elle paraît irréfutable à M. Guyot de Fère, puisqu'il trouve qu'une fable dont l'audition demande tout au plus quatre minutes est trop longue de moitié; tandis qu'il fait chanter sa fille *trois et même quatre fois* à chaque séance, et qu'il se garderait bien de demander à un compositeur de musique, de quelque longueur que fût son œuvre, de changer une note ou de supprimer une octave.

On voit de quelle façon cette Société étend et *favorise* les travaux de ceux de ses membres qui ne sont pas ses *favoris*, et avec quel empressement elle leur ouvre les colonnes de son journal (1).

Il résulte de cet aperçu :

1° Que dans la plupart des Sociétés composées d'auteurs et de musiciens, la littérature est en vasselage, ce qui constitue un fait des plus anormals ;

2° Que l'injustice règne dans toutes, et que l'arbitraire y trône avec impudence.

Certes, je ne parle pas pour moi en ce moment, me regardant désormais comme désintéressée dans la question, puisque, le jour où paraîtra cette brochure, j'enverrai du même coup ma démission *à toutes les Sociétés;* mais j'espère que d'autres personnes pourront recueillir le fruit de cette publication, et qu'elle apportera quelques changements à un état de choses aussi déplorable que vicieux.

CHAPITRE VIII.

LES ACADÉMIES DROLATIQUES.

L'habile M. *Donnétant.* — L'heureux *Friponneau*, le bienheureux Coquinot. — L'infortuné
Gilles et le pauvre Nicodème.

Outre les Sociétés dont je viens de parler, je veux tâcher d'en esquisser un type particulier et de montrer au public ce que sont

(1) Je n'y ai jamais eu que douze vers (voir l'Appendice, pièce 15), et s'ils furent admis, je suis persuadée que ce fut à cause de la personne qui les présenta. Durant le même espace de temps, tels et tels membres en ont fait insérer plusieurs centaines.

certaines compagnies que j'appellerai *les Académies drôlatiques*.

Rien de plus innocent au premier abord que ces Sociétés. Mais à les considérer de plus près et à les examiner avec attention, on voit qu'au contraire elles sont un fort grand danger et que de leur existence il résulte de nombreux et graves inconvénients.

Les *Académies drôlatiques*, en effet, jouissent du privilége exorbitant de décerner un nombre de médailles illimité. — Dix mille par an s'il leur convient. — Il est vrai que, pour l'ordinaire, elles en sont plus sobres, et ne dépassent pas de beaucoup *douze à quinze cents ;* mais ce chiffre est déjà énorme, et là existe un intolérable abus. D'autant que les *Académies drôlatiques* n'ont pas coutume de se ruiner pour leurs lauréats, auxquels elles ne donnent que du cuivre plus ou moins argenté, doré ou enrichi de strass, et à qui, de plus, elles font payer une somme fixe assez ronde pour le brevet dont elles accompagnent leurs faveurs.

Je vais essayer par des exemples, et les choses se passent ainsi fréquemment, de faire comprendre quelles fâcheuses et même quelles terribles conséquences peuvent avoir ces sortes d'associations.

Imaginez que je m'appelle *Nicodème* et que je suis gargotier de mon état. Et veuillez supposer aussi que j'ai un voisin qui se nomme *Coquinot* et exerce la même profession que moi. Or, un beau jour, mon confrère entend parler d'une *Académie drôlatique* et de ses médailles. Il prend le chemin de fer, il va trouver le président, *M. Donnétant, et lui* tient *à peu près ce langage :* — « Monsieur, j'ai fait « une invention magnifique pour laquelle j'aurais pu prendre un bre- « vet, mais, dans la crainte d'une concurrence déloyale, j'ai préféré « ne révéler mon secret qu'à vous. Voici donc en quoi consiste mon « invention : Vous savez que jusqu'à présent l'on a dit : — *Pour faire* « *un civet, prenez un lièvre.* — Ce qui me paraît une formule suran- « née, que j'ai remplacée par celle-ci : — *Pour faire un civet, pre-* « *nez un chat,* — qui est bien plus neuve, comme vous voyez. — « N'ai-je pas bien mérité la médaille *dorée de l'Académie drôla-* « *tique?* »

A quoi répond le président *Donnétant :* — Vous avez très-bien mé- « rité la médaille dorée de l'*Académie drôlatique.* »

Et maintenant veuillez encore vous figurer que dans un autre endroit, une toute petite localité, il existe un savetier nommé *Gilles,* et que vis-à-vis il y en a un autre qui s'appelle *Friponneau,* et que ce dernier ayant, lui aussi, appris qu'il y a dans une grande ville une Société qui dispose de nombreuses médailles, ait également pris son essor, et soit venu à son tour parler ainsi à l'auguste chef de l'*Acadé- mie drôlatique :* — « Je viens solliciter, monsieur le président, une

« récompense que je crois m'être due bien légitimement. Modeste
« dans mes prétentions, je ne vous demande pas de me donner une
« des plus élevées, lesquelles, je le sais, sont réservées aux inventeurs.
« Or, il ne s'agit que d'un simple perfectionnement. Veuillez, je vous
« prie, considérer cette chaussure. Vous remarquerez que dans celles
« que l'on porte habituellement, il y a quatorze clous de chaque côté,
« et que dans la mienne il y en a quatorze d'un côté et quinze de
« l'autre, ce qui fait qu'au lieu d'aller droit, le pied est nécessaire-
« ment forcé d'obliquer, chose qui, dans la conduite de la vie, offre à
« notre époque des avantages incalculables. N'ai-je pas bien mérité la
« médaille *argentée* de l'*Académie drôlatique ?* »

A quoi répond M. le président *Donnétant :* — « Vous avez très-bien
« mérité la médaille *argentée* de l'*Académie drôlatique.* »

Or, voilà mes *drôles* (1) (n'est-ce pas la façon la plus naturelle de
désigner les membres des compagnies en question?) qui reviennent
dans leurs bourgades, et ils n'ont rien de plus pressé que de faire
mettre sur leurs vitres en grosses lettres.

L'un :

M. Coquinot, restaurateur, a obtenu la médaille d'or.

L'autre :

M. Friponneau, cordonnier, a obtenu la médaille d'argent.

Ce qui fait que lorsque les pratiques du pauvre *Nicodème* et celles
du pauvre *Gilles* passent, les premières devant *Coquinot*, et les
secondes devant *Friponneau*, les unes se disent :

« — En voilà un qui doit faire une fameuse cuisine ! »

Et les autres :

« — Quelles belles bottes on doit vendre là ! »

D'où il résulte :

— Que chez eux on fait la noce, pendant que chez *Gilles* et chez
Nicodème on meurt de faim.

OBJECTIONS ET CONSEILS.

On m'a fait à l'égard de cette brochure quelques objections et donné
quelques conseils.

(1) Un article spécial du règlement de ces sociétés veut que tout lauréat
en devienne membre.

Les uns m'ont dit :

— « Qui est-ce qui pense à l'Athénée maintenant? — Qui s'en
« occupe? — Vous allez le tirer de l'oubli où il est plongé en lui fai-
« sant une réclame magnifique. — Est-ce votre but? »

Les autres :

— « Est-ce que vous devriez vous occuper de choses pareilles?
« Ne serait-il pas plus digne de vous de n'y point songer, et cela vaut-il
« la peine de perdre votre temps et de troubler votre repos? »

Aux premiers, j'ai répondu que ce qui importe n'est pas de faire un
grand bruit, mais d'en faire un honorable, et que la réputation des
Erostrates n'est pas à ambitionner;

Aux seconds, que ce système de paix à tout prix peut être le plus
commode, mais que je ne le crois pas le meilleur, et que si une vie
résignée a son mérite, une existence militante a aussi le sien.

Venons aux conseils.

— « Vous feriez mieux, m'a dit M. ***, de prendre une forme diffé-
« rente, celle épistolaire, par exemple, et d'adresser vos lettres à une
« personne que vous chercheriez à décourager de suivre la carrière
« littéraire. Cela aurait une portée morale, et en même temps ce serait
« bien plus nouveau. »

— « Je vous engage, moi, a ajouté Mme X., à toucher la chose un peu
« autrement. Il y a là-dedans des pages sérieuses qui ne font pas bien.
« Il faudrait plaisanter toujours. Cela plairait bien mieux au public,
« et puis ce serait bien plus piquant. »

— « Cette opinion est aussi la mienne, a continué M. Z., seulement
« j'y joindrai un petit conseil : c'est que, dans ces sortes d'écrits, *il*
« *faut toujours jeter le sel à profusion.* »

— « Je ne puis, ai-je dit à M. ***., faire ce à quoi vous m'engagez,
« pour deux raisons : d'abord, parce que je pense qu'un auteur est
« naturellement porté à prendre la forme dans laquelle il peut rendre
« sa pensée le plus clairement, seul point auquel je vise dans ce tra-
« vail; — ensuite, que, si douloureuse qu'ait été la voie où s'est
« accompli mon triste pèlerinage, je me ferais scrupule de dissuader
« d'y entrer les rares personnes en qui je croirais reconnaître une véri-
« table vocation. — Ce qu'il y a à faire pour celles-là, ce n'est pas de les
« détourner, mais de les aider. — D'ailleurs, dix individus pour le moins
« ont écrit dans le genre que vous préconisez si fort, ce qui fait qu'il ne
« me paraît pas bien nouveau. »

— « Toutes choses, ai-je répondu à Mme X., ne sont pas matière à
« railleries. La plupart ont leur côté plaisant, sans doute, mais ce
« n'est pas invariablement, je crois, celui qu'il faille considérer; et
« l'uniformité d'ailleurs ne me semble avoir rien de bien piquant. »

— « Quant à vous, cher monsieur Z..., ai-je dit à mon troisième
« conseiller, je reconnais l'excellence de votre avis, mais, par mal-
« heur, *je n'ai qu'une toute petite salière.* »

RÉCAPITULATION.

Je me suis attachée jusqu'ici à faire connaître quels sont, relativement à cinq sociétés sur lesquelles j'ai appelé l'attention publique, mes
divers sujets de plainte ; mais, si j'en ai de particuliers contre chacune
d'elles, j'en ai aussi qui leur sont communs à toutes ; et pour bien saisir
le fil d'une trame si compliquée, il faut en aller chercher une extrémité à *l'Académie universelle*, en 1856 ; le voir passer par la *Société
des Sciences industrielles* et par l'ATHÉNÉE, arriver ensuite au *Comité
du Progrès*, et plus tard à *la Société protectrice des animaux*, pour
aboutir en dernier lieu, et tout récemment, aux *Travaux littéraires et
artistiques* : sans compter nombre de tours, détours et circonvolutions
que, pour à présent du moins, je ne puis rendre visibles à mes lecteurs, et où je le perds quelquefois moi-même.

Quant à ce qui peut avoir porté ces différentes compagnies à se con-
duire comme elles l'ont fait envers moi, je déclare formellement que
je l'ignore, et que je serai très-reconnaissante à quiconque pourra et
voudra bien me le découvrir.

Mais si je ne sais pas les causes premières, quelques-unes des secondes et les effets de toutes ne me sont que trop connus. Ce qui à l'égard
de *l'Athénée* m'a toujours paru le plus vraisemblable, c'est que le jour
où, ne sachant plus comment colorer son refus de me recevoir, et me
voyant bien résolue à ne pas donner mon désistement, il s'est décidé
enfin à m'admettre, ce n'a été qu'en se promettant de me faire tant
d'affronts et d'injustices, que je serais forcée de donner ma démission.

Oui, messieurs, sourde ou déclarée, la guerre que vous m'avez faite
a été incessante et sans merci. M'amoindrir, m'effacer, m'anéantir,
tel est le but que vous avez poursuivi avec une ardeur fraternelle et per-
sévérante. — Pour l'atteindre, tous les moyens vous ont été bons. —
Est-il sarcasmes que vous m'ayez épargnés ? railleries dont ma personne ou mes œuvres n'aient été l'objet ? Et, s'il me faut un peu aider
votre mémoire, que je crains de trouver labile sur ce point, souvenez-
vous d'un soir où M. Darel, cet estimable vieillard, n'y pouvant plus
tenir et ne revenant pas de ma patience, a quitté son siége pour vous
aller demander en quoi ce que j'avais lu pouvait exciter une gaieté si
prolongée et si bruyante.

Ah ! que de fois vous avez dû me trouver stupide ! et que je l'ai donc été en effet ! — Mais je croyais toujours que dans ce combat entre la bienveillance et la méchanceté, la première vaincrait enfin la seconde, et voilà quelle a été mon erreur.

Du reste, messieurs, et je ne m'adresse pas seulement cette fois aux membres de *l'Athénée*, mais à plusieurs aussi d'autres sociétés, combien diffèrent nos façons de penser, de voir et d'agir ! Vous avez apporté vos soins constants à m'empêcher de faire connaître mes œuvres. — *Je paye* pour mettre les vôtres en lumière. — Et si *certains* d'entre vous m'eussent offert *certaines* de leurs compositions, particulièrement M. Fournier, *une Promenade de la Vérité*, je les aurais jointes à la causerie de M. Blanc, et aux *ânes galeux* de M. Poisle-Desgranges, que l'on trouvera à la fin de cette brochure, afin que l'on eût pu comparer tout à son aise les pièces *de vous* que vous avez reçues avec transport à celles *de moi* que vous avez refusées avec mépris.

A qui ferez-vous croire à votre bonne foi ? Vous la feriez plaider par un Berryer, par un Favre, par un Lachaud, qu'ils y perdraient leur éloquence. — Certes, messieurs, vous n'êtes pas des génies, — chacun le sait, — mais vous n'êtes pas des imbéciles non plus, et c'est bien à votre escient que vous m'avez fait des critiques si baroques, si absurdes, si saugrenues, et dont vous ne pensiez pas le premier mot. —Alors, pourquoi ? — Mais ne l'ai-je pas déjà dit ? C'est que vous aviez organisé contre moi ce qu'en d'autres temps on appelait la conspiration du silence, et que vous vouliez m'ensevelir dans le linceul de l'oubli. A ce propos, permettez-moi de déplorer, et cela non pas au figuré, mais bien au propre, ce que me feront perdre ces pages malencontreuses. — Quel bel enterrement vous m'auriez fait ! — Que de fleurs de rhétorique MM. Fournier, Castaing, Lefèvre et Guyot de Fère eussent jetées sur ma tombe ! (1) — Eh bien, j'y renonce. — Mais Paris est grand ; et, au lieu de tant d'hommes d'esprit qui y eussent répandu tant de fleurs artificielles, il s'en trouvera peut-être un de cœur qui, ému de ce que vous m'avez fait souffrir, y viendra verser une véritable larme.

En attendant, comme depuis le jour où vous m'avez représentée en mégère vous n'avez cessé de faire de moi un portrait qui n'a rien de ressemblant, travestissant mon caractère et ma personne ainsi que le sens de mes écrits, et allant jusqu'à me faire passer pour une sorte de folle aux yeux des gens qui ne me connaissent pas, j'ai résolu de publier cette brochure, afin de retirer du commerce, où vous l'avez mise en circulation si malicieusement, cette pièce fausse frappée à mon ef-

____

(1) Qu'on ne s'y trompe pas, rien là de ma part n'implique contradiction ; que de gens n'a-t-on pas loués morts après les avoir outragés vivants !

figie, et à laquelle je veux avant de mourir substituer la vraie, si je le puis.

Et pourtant, cette accusation de folie que je viens de relever, à l'envisager d'un certain côté, est peut-être encore de toutes vos imputations la moins offensante et même la plus réelle. — Oui, *folle en effet*, puisque, je ne saurais trop le redire, j'ai cru trouver en des collègues, sinon de l'amabilité et de l'obligeance, du moins de la politesse et de l'équité ! *Bien folle* de m'être imaginé qu'en semant la cordialité et la franchise il fût impossible de recueillir la fausseté et l'aversion ! *Archi folle* de n'avoir si longtemps pu ajouter foi à la monstrueuse alliance de tous contre un ! Mais moins *folle* encore cependant que ce *fou* sublime dont on ne prononce qu'en s'inclinant le saint nom, car il eût mis sa mansuétude au-dessus de vos outrages, et, pour employer un mot célèbre, je n'ai pu encore y placer que mon dédain.

Se peut-il, Messieurs, qu'il ne vous ait pas paru suffisant de trois collections d'individus de votre sorte contre moi, et que, par d'insidieux discours, et des manœuvres que j'ignore, vous soyez parvenus à me rendre hostile une société de beaucoup plus élevée, et qui compte des membres éminents en savoir et en talent, dont vous avez surpris la conscience? — Mais vous n'avez donc pas réfléchi qu'en agissant de cette manière vous m'érigez en géante, ou que vous vous reconnaissez tous pour des myrmidons?

Et que si quelqu'un trouve que j'oublie cette modération et cette mesure dont je me suis constamment imposé la loi, et desquelles je ne m'étais point encore départie, qu'il daigne considérer que quelque véhémence de langage peut se tolérer en telles occasions ; que ce n'est point d'une fiction qu'il s'agit ici, et que différent est de travailler sur la matière insensible ou sur la chair vive et frissonnante. ·

CONCLUSION.

Me voici enfin au bout de ma tâche. — Il ne reste plus qu'à me résumer, ce que je vais faire le plus succinctement que je le pourrai.

Mais, avant, je prie ceux de mes lecteurs qui ont lu cet écrit dans son entier, de me pardonner l'ennui que peut-être il leur a fait éprouver, ayant égard à tout ce qu'il y a de mal aisé, pour ne pas dire d'impossible, à joindre toujours dans un semblable sujet la clarté à la précision, à formuler successivement cinq plaintes analogues et à n'être fastidieuse dans aucune. Comment sans entrer en certains détails aurais-je pu donner une idée exacte d'une coalition à laquelle il est si difficile de croire ? Et comment, sans citer une foule de documents émanés des diverses parties tour à tour, serais-je parvenue à administrer la preuve des faits que j'avance ?

UN QUESTIONNAIRE.

Pour toute péroraison, je me bornerai à adresser quelques questions à mes adversaires ; et comme elles seront nettes et catégoriques, je leur demande de vouloir bien y répondre nettement et catégoriquement.

Est-il vrai, vous, monsieur Bayard de la Vingtrie, membre de *l'Athénée*, que vous m'ayez accusée d'avoir, — dans la soirée du 28 avril 1860, — au *Cercle des Sociétés savantes* et en plein public, — battu le directeur de ce cercle, M. Guillemot ?

Est-il vrai, vous, monsieur le Marié de Champtenay, membre de *l'Athénée*, qu'étant de la commission nommée pour examiner mes fables, vous ayez soutenu *sans les avoir ouvertes*, qu'elles n'étaient pas dignes de m'ouvrir les portes de *l'Athénée* ?

Est-il vrai, vous, monsieur Pradier-Fodéré, alors secrétaire général de *l'Athénée*, que vous ayez fait un rapport sur la séance annuelle de 1862, où vous donnez des éloges à chaque musicien, à chaque poëte et à chaque littérateur ayant pris part à cette séance, à l'exception de Mme Caldelar, dont le nom ne figure même pas dans votre rapport ?

Est-il vrai, vous, monsieur Fournier, alors président de *l'Athénée*, que vous m'ayez, un soir, enjoint de me taire de la façon la plus inconvenante et en termes dont eût rougi un manant, et cela pour le seul fait d'avoir répondu à mi-voix quatre mots à M. Darel, qui s'informait de ma santé ?

Est-il vrai, vous, monsieur Reinvillier, alors président de *l'Athénée* ; vous, monsieur Allard, membre de *l'Athénée* ; vous, messieurs Bayard de la Vingtrie, Pradier-Fodéré et Fournier, déjà nommés, que vous ayez tout mis en œuvre pour faire refuser les pièces que j'ai présentées :

La première, parce que le mot *caniculaire* fait penser à des *canules* ?

La deuxième, parce que le mot *chlore* a quelque chose de dégoûtant ?

La troisième, parce qu'on y voit le mot *cas* ?

La quatrième, parce qu'on y trouve le mot *lieux* ?

La cinquième, parce qu'on y rencontre le mot *Alexis?*

Est-il vrai, vous, monsieur Castaing, alors président de la *Société des Sciences industrielles*, que vous ayez en 1862, de votre autorité privée, rayé mon nom du programme de la séance solennelle, où était inscrite ma fable *l'Enfant et le Papillon*, laquelle y avait été portée par M. Lemaire, organisateur de la séance, en vertu d'une délibération du conseil ?

Est-il vrai, vous, monsieur Lefèvre, président à vie du *Comité du Progrès artistique*, qu'après m'avoir écrit que l'on était désolé de ne pouvoir m'entendre au grand concert, parce que l'on ne dirait *ni prose ni vers ce jour-là*, vous ayez ensuite *prié* M. d'Anglemont, ou *permis* à M. d'Anglemont de dire, *ce jour-là* une longue pièce de vers ?

Est-il vrai, vous, monsieur Bourguin, secrétaire général de la *Société protectrice des animaux*, que vous m'ayez écrit que ma pièce inédite, *le Pouvoir des mots*, que j'avais présentée *pour la grande séance* de l'année dernière, avait été trouvée fort bien par le conseil, quoique vous ne l'ayez pas lue *comme je l'aurais fait moi-même*, mais que le programme était tellement chargé qu'on me priait instamment de la réserver *pour une petite séance* ?

Et est-il vrai que sur ce programme qui tous les ans a la force de porter quatre pièces de vers, il n'y en avait pas une seule cette fois ?

Est-il vrai, vous, monsieur Guyot de Fère, gérant à vie des *Travaux littéraires et artistiques*, qu'après m'avoir, sous divers prétextes, empêchée pendant trois mois de lire une fable, vous ne me l'ayez permis le quatrième qu'à la condition de la mutiler après l'avoir décapitée, et cela parce qu'il eût été trop généreux d'accorder à Mme Caldelar *quatre minutes* sur les *quatre heures* que dure la séance, tandis qu'on en donne libéralement à Mlle Guyot de Fère ce que besoin est pour exécuter *quatre morceaux?* Avec cette circonstance atténuante, toutefois, que Mme Caldelar paye la cotisation, et que Mlle Guyot de Fère ne paye rien.

Encore une fois, messieurs, *cela est-il vrai?* (1)

Point d'ambages, nuls détours ! — Je ne me payerai ni de sophismes ni de subterfuges. — Vous ne m'échapperez par aucune fuite, je vous en préviens.

Mais quand vous vous obstineriez à vous taire, à cette heure silencieuse et recueillie où se représentent à nous les jours écoulés, une voix plus imposante que la mienne, et à laquelle, qu'on le veuille ou non, il faut bien répondre, vous interrogera à son tour.

____

(1) Trois autres membres figureraient sur ce Questionnaire, s'ils vivaient encore, et un quatrième, s'il n'avait pas donné sa démission.

Elle vous dira :

« Pour vous être conduits envers cette femme d'une façon si indigne et si outrageuse, que vous avait-elle donc fait? »

Et vous répondrez :

— « *Mon Dieu ! cette femme ne nous avait rien fait du tout !* »

Et alors, la même voix, plus sévère encore, vous adressera cette seconde question :

— « Si cette femme avait son mari ou qu'elle eût un frère, vous « seriez-vous conduits de la sorte? »

Et, cachant la rougeur de vos fronts sous vos oreillers, vous répondrez, cherchant vainement à l'étouffer entre vos lèvres, ce mot qui les brûlera : — « *Non.* »

Quant à moi, messieurs, à défaut de pouvoir vous appeler devant une autre juridiction, c'est au tribunal de l'opinion publique que je vous traduis. J'ai confiance en celui-là.

Cependant, — tout est possible, — je le sais, lui-même peut s'égarer, et le triomphe *éphémère* de l'injustice n'est pas quelque chose de nouveau. Mais quand le cerf périt accablé par la meute, il ne succombe pas avec déshonneur; et, selon une belle parole que je crois de M. Guéroult, — « *ce n'est jamais un devoir de vaincre, mais c'en est souvent un que de combattre.* »

J'aurais pu faire paraître plus tôt cette brochure, mais je n'ai pas voulu que vous pussiez dire que je choisissais le temps où, pour la plupart, vous n'êtes pas à Paris (1). Et, à ce propos, me citant moi-même, je vous dirai :

> « Une âme bien placée
> « Ne peut de rien de bas supporter la pensée :
> « Elle est antipathique à toute fausseté;
> « Et de quelque nom qu'on décore
> « La fourbe et la déloyauté,
> « Ce sont des choses qu'elle abhorre. »

Du reste, messieurs, si je vous attaque, c'est à la face du soleil; — si je mets sur cet écrit vos noms en toutes lettres, c'est en toutes lettres que je le signe du mien. — On pourra me réfuter; mais, qu'on le sache, je n'ai pas épuisé mon arsenal, et si l'on me répond, je répliquerai.

(1) Depuis que ceci est écrit, des circonstances absolument indépendantes de ma volonté ont de quelque temps retardé cette publication.

APPENDICE.

LA VIE D'UNE ROSE.

FABLE.

Sur le plus frais Rosier d'un superbe jardin,
Tout humectée encor des larmes du matin
      Une Rose venait d'éclore;
Et, telle que Vénus sortant du sein des flots,
Ignorait ses attraits qui n'ont point de rivaux,
      Elle ignorait les siens encore.
      Mais dans l'onde d'un réservoir,
      Dès le moment qu'elle a pu voir
Ses charmes enchanteurs, sa beauté sans seconde,
Elle ne connaît plus qu'un bonheur dans le monde :
    Plaire, briller, régner, éclipser tout :
    Au plus brillant lépidoptère,
    Au plus humble mollusque plaire,
    Plaire toujours, plaire partout.

Ce qu'il lui faut, c'est être admirée et suivie,
C'est avoir des flatteurs, un cortége, une cour,
C'est faire se sécher tout papillon d'amour,
      Toute fleur se flétrir d'envie,
C'est la plus belle, enfin, s'entendre proclamer.

Elle s'imaginait, en son erreur profonde,
      Que les Roses ne sont au monde
      Uniquement que pour charmer ;
Oubliant que celui dont la main les colore,
      Les a faites bien moins encore
      Pour plaire que pour embaumer.

A voir ses jeunes sœurs s'entr'ouvrir auprès d'elle
Elle ne trouve plus ni douceur ni plaisir.

Et les petits boutons qu'un aimable zéphyr,
    De son haleine ou de son aile,
    Tour à tour incline, à dessein
    De les rapprocher de son sein,
    N'en reçoivent nulle caresse,
    Car pour eux elle est sans tendresse.

Que dis-je? le Rosier, dont les rameaux touffus
La défendent des traits trop ardents de Phébus,
    Est accusé de barbarie,
    Et son ombrage paternel
    En est maudit. — Souvent le Ciel
    En nous exauçant nous châtie !

    Là, bientôt, passe un jardinier;
    Il aperçoit la Rose, émonde le Rosier;
    Chacun la voit et s'extasie.

    D'insectes de toutes couleurs,
    Aussi bien que de toute espèce
Le bourdonnant essaim, quittant les autres fleurs,
    Autour d'elle accourt et s'empresse ;
    Que d'hommages!... et quels honneurs !
Mais, hélas ! du soleil les feux caniculaires
    En peu d'instants dévorent la fraîcheur
    Qui la faisait la reine des parterres,
    Et l'entourait d'un peuple adorateur.

    Longtemps avant la fin de la journée,
Les brillants Papillons l'avaient abandonnée,
Et, plus prompts que l'éclair, loin d'elle ils avaient fui,
Tous ces beaux fils de l'air, non moins légers que lui.

A d'autres fleurs déjà, ces trop charmants volages
    Prodiguaient de tendres hommages,
    Les gros Cétoines chargés d'or,
    Bientôt après prirent l'essor.

    Des Mouches l'essaim parasite,
    Sur leur trace vola bien vite.

Puis, ces laids Bourdons noirs, pour la fleur de Vénus
    Brûlant d'une flamme illicite,
    Ces hyménoptères ventrus
    Eux-mêmes ne revinrent plus...

Seul, un vieux Limaçon était resté fidèle,
Et, pour la consoler, lui disait quelquefois
    Qu'elle était *encore* bien belle.

Encore!... Ah! si les maladroits
Savaient jamais voir quelque chose!
A ce mot, il aurait pu voir
Toutes les feuilles de la Rose
Se racornir de désespoir.
Mais un terme plus rude à la coquetterie,
Tel qu'un funèbre glas vint, dès le second soir,
Vibrer au fond du cœur de la Rose flétrie,
Et son courage en fut vaincu.
(Mot affreux que la rime et la mesure appelle,
Mais que le goût rejette.) — « Eh! quoi, se disait-elle,
« Moi!... Moi!... des Roses la plus belle,
« Je ne serais!... J'ai trop vécu!! »

Ce qu'encor n'avaient fait ni le temps, ni l'orage,
Ni Phébus réunis ; cette effroyable image
Seule le fit. — Soudain sa tête se pencha,
Et, dans ce mouvement, de sa corolle pâle
Hélas! le dernier pétale,
De lui-même se détacha.

Si belles que Dieu les ait faites,
Ainsi finissent les coquettes.

N. 2.

LES AMIES DE LA LINOTTE.

FABLE.

Une jeune Linotte avait trois amoureux;
Elle avait aussi trois amies,
Toutes trois tendrement chéries.
Or, le choix d'un époux est un choix épineux.
Elle eût pu consulter la raison ou sa mère,
Ce n'est qu'un en pareille affaire;
De son cœur, au besoin, écouter les discours :
Le cœur ne trompe pas toujours ;
Mais c'est à l'Amitié qu'en cette circonstance
Elle accorda la préférence.

— « Ne ferais-je pas bien d'épouser ce Pinson? »
A certaine Mésange un jour demanda-t-elle.
   — « Si tu ferais bien, certes non !
   « Tu ferais fort mal, pauvre belle.
« D'abord le mariage, et même le meilleur,
   « N'est qu'une véritable horreur ;
   « Et pour moi, j'entends bien, ma chère,
   « Rester toujours célibataire.
   « Mais qu'est-ce donc, lorsque l'époux
« Est, comme ton Pinson, libertin et jaloux,
« Puis brutal?... Oh! brutal!... Sur toi, si délicate!...
   « Vois-tu, je ne répondrais pas
« Que ce monstre d'oiseau, même, en de certains cas,
   « N'allât jusqu'à porter la patte !
« Cependant si tu veux risquer qu'il soit ainsi... »
— « Non, non ; je n'entends point que mon mari me batte, »
   Dit la Linotte. « Grand merci. »

   Huit jours après, d'une jeune Fauvette
Elle va demander un avis à son tour.
— « Mon âme, sur un point, dit-elle, est inquiète.
« Ce Moineau, que tu sais et qui me fait la cour,
   « Hier matin m'a demandée.
« Devrais-je l'épouser? » — « L'épouser ! cette idée
   « A pu t'entrer dans le cerveau !
« Une Linotte, toi, la femme d'un Moineau!...
   « Une telle mésalliance
   « Blesserait le cœur de la France
   « Et te fermerait tous les nids
   « Des Linottes de ce pays.
« Quant à moi, s'il me faut te voir semblable honte,
   « Ma mort sera certaine et prompte. »
   — « Causer ta mort! puis-je y songer?
« Je vais le refuser sur-le-champ, ma chérie ;
« J'en refuserais vingt, plutôt que d'affliger
   « Le cœur d'une si tendre amie ! »

Dans le même embarras étant le mois d'après,
La Linotte, toujours crédule et confiante,
   Va conter ses tourments secrets
   A sa troisième confidente.
   — « J'ai pour amoureux ce Tarin
   « Qui perche sur l'ormeau voisin.
« On vante sa bonté ; mais parle avec franchise !
   — « Sa bonté!... dis donc sa bêtise.
« Mais chacun a son goût ; et, si tu veux un sot... »

La Linotte part, sur ce mot,
S'arrête au dur parti de rester solitaire,
Et voyage pour se distraire.

Son absence fut longue. Enfin, après deux ans,
Par le mal du pays ramenée à son gîte,
Chez celles quelle aimait elle vole au plus vite ;
Et c'est le cœur ému, palpitant de plaisir,
Que sur l'arbre connu, cher à son souvenir,
Elle rencontre la Mésange ;
Non seule..... Pour ses yeux spectacle assez étrange ,
Près de leur mère voletant,
Trois petits, charmante lignée,
Lui montrent qu'à l'hymen elle s'est résignée.
Arrive le mari. Surcroît d'étonnement :
C'est ce même Pinson dont on l'a détournée.
— « Quoi ! c'est là ton époux ! » — « Sans doute. Parlons bas ;
« Tu pouvais choisir ; moi, non pas.
« N'avais-je point deux fois ton âge ?
« En grâces, en attraits, étions-nous but à but ?
« Non. L'on sait se connaître et prendre ton rebut.
« A tes charmes c'est rendre hommage. »

Convaincue assez peu par ce raisonnement,
C'est avec moins d'empressement
Qu'elle se rend chez la Fauvette.
Celle-ci pour l'instant se trouvait au logis,
Fraîche habitation, sise sous la coudrette.
Là, point encore de petits ,
Mais deux jeunes époux qui, placés côte à côte,
De se prouver leurs feux ne se faisaient point faute.
Et qui reconnaît-elle en cet époux amant,
Qui semble de retour payé si tendrement ?
Ce malheureux Pierrot entaché de roture,
Que méprisait si fort la noble créature.
— « Ton mari, ce Pierrot ! » — « Oui, cela te surprend :
« Ce qui m'étonne, moi, c'est ton étonnement.
« Nous n'avons point été faites de même étoffe.
« On t'a de préjugés pétrie en t'élevant,
« Et moi, je suis, ainsi qu'on m'appelle souvent,
« Une Fauvette philosophe.
« J'ai trouvé mon bonheur dans cette humble union ,
« Qui n'eût été pour toi qu'humiliation.
« Loin donc de m'en vouloir, ma chère,
« Tu dois m'avoir, tout au contraire,
« La plus grande obligation. »

— « Allons! de mieux en mieux, se dit notre Linotte.
« Je commence à comprendre à quel point je fus sotte,
« Mais je veux en avoir le cœur net, comme on dit;
  « Et je prétends de la troisième
  « Savoir s'il en sera de même. »
Ce disant, elle y vole et trouve sur son nid,
  Couvant des œufs tout près d'éclore,
Non celle qu'en son cœur elle chérit encore,
Mais le pauvre Tarin, son ex-adorateur,
Dont jadis on lui fit un portrait si flatteur.
L'amie alors survient. Elle sort d'une fête,
Ce qu'on devine assez à son air de conquête.
L'autre la prend à part. — « Ainsi c'est ce Tarin!... »
— « Que veux-tu donc, ma bonne, il faut faire une fin.
  « Ai-je ton esprit, ton mérite ?
  « Suis-je une Linotte d'élite?
  « Si, comme il n'est que trop certain,
« Sous beaucoup de rapports il n'est pas fort habile,
« Du moins il sait m'aimer, me soigner, me servir,
« Pourvoir à mes besoins, et *surtout m'obéir*,
« Et moi, je m'en contente, étant peu difficile. »

Une seconde fois, sans répondre à cela,
  Notre Linotte s'exila.

En route elle se dit : « Ah! la leçon est bonne!
  « Vengeons-nous à la raconter.
« De plus jeunes que nous pourront en profiter,
« Et se ressouviendront qu'on ne doit de personne
  « Écouter les conseils jamais,
« Sans bien considérer si celui qui les donne
  « N'y trouve pas ses intérêts. »

N. 3.

LES DEUX VASES

FABLE.

  Chef-d'œuvre d'un artiste habile,
  Un Vase brillant et fragile
  D'un boudoir faisait l'ornement,

Vase inutile, mais charmant.
Un autre, de commune terre,
Dans la cuisine se trouvait ;
Vase grossier, mais nécessaire :
Le Pot-à-Soupe il se nommait.

Un jour les portes entr'ouvertes
Leur permettant de s'entrevoir,
Le Pot-au-feu, tout gras, tout noir,
Osa (bien hardi fut-il, certes)
Saluer le Pot du boudoir.
Celui-ci, plein de suffisance,
Ainsi que l'on le pense bien,
Ne fit pas mine d'en voir rien ;
Et ni du goulot ni de l'anse,
Il ne rendit la révérence.

Le soir (le sort fait de ces coups),
Au château, des deux la patrie,
Éclate un affreux incendie
Qui met tout sens dessus dessous.
Pêle-mêle chacun transporte
Vite partout le mobilier ;
Et le hasard fait que l'on porte
Nos pots dans le même grenier,
Trop heureux, à cette aventure,
D'avoir échappé sans fêlure !
Côte à côte, dans ce taudis,
Ils se regardent ébahis,
Et le doré, qui se désole
De n'être plus sur sa console
Et craint de n'y pas revenir,
Vers son voisin pousse un soupir,
Et, plein d'une douleur amère,
En gémissant lui dit : « Mon frère,
« Hélas ! qu'allons-nous devenir ? »

Cela, c'est notre histoire à tous tant que nous sommes ;
Il est fort peu d'exceptions.
Le malheur, rapprochant les hommes,
Nivelle les conditions.

———

N. 4.

Extrait de la **MARSEILLAISE DE LA PAIX.**

CHANT NATIONAL.

Allons, enfants de la patrie,
De nous unir voici le jour !
De toutes parts le Ciel nous crie :
« Fondez le règne de l'amour. »
Entendez-vous, dans ces campagnes,
Éclater ces accords touchants?
Ils retentissent dans nos champs,
Ils s'élèvent sur nos montagnes.
A l'œuvre, citoyens ! Unissons nos efforts,
Marchons, enlaçons-nous, ainsi nous serons forts.

Plus de haine, plus de vengeance,
De proscriptions, d'échafauds.
Ne bannissons que l'indigence,
Ne persécutons que les maux.
Les ennemis qu'il faut abattre
Ce sont les vices, les abus.
Eh bien ! que toutes les vertus
Soient nos armes pour les combattre.
A l'œuvre, citoyens ! etc.

STROPHE DES ENFANTS.

Ce doux fruit de votre culture,
Ce progrès dont nous jouirons,
C'est nous, par toute la nature,
Qui, plus tard, le ressèmerons.
Et de la paix universelle,
Déployant l'étendard sacré,
Du monde entier régénéré,
Nous serons le peuple modèle.
A l'œuvre, citoyens ! Unissez vos efforts,
Marchez, enlaçez-vous, ainsi vous serez forts.

———————

N. 5.

Extrait d'une Ode de Mme la Princesse de Salm, intitulée

JE MOURRAI COMME J'AI VÉCU

Je mourrai comme j'ai vécu,
Consacrant mes travaux, ma vie,
Ce feu qu'en naissant j'ai reçu,
A combattre l'orgueil, l'envie ;
A mettre au premier rang partout
Le droit et la noble pensée ;
Pour le bien toujours empressée,
Contre le mal toujours debout.
Jusqu'à mon dernier jour, beaux transports, noble flamme,
Oui, vous embraserez mon âme ;
Je mourrai comme j'ai vécu !

Je mourrai comme j'ai vécu,
Opposant l'amitié, l'étude,
Au malheur, à l'espoir déçu ;
Résignée à l'ingratitude,
Mais sentant, même en excusant
L'erreur, les faiblesses humaines,
Tout mon sang bouillir dans mes veines,
Au nom, à l'aspect du méchant.
Jusqu'à mon dernier jour, grands pensers, noble flamme,
Oui, vous embraserez mon âme ;
Je mourrai comme j'ai vécu !

N. 6.

RAPPORT

DE Mme ADÈLE CALDELAR

SUR LES DEVOIRS DE L'HOMME DE LETTRES AU XIXe SIÈCLE

PAR M. LESGUILLON

Pièce couronnée par l'Académie de Montauban, dans sa séance solennelle de juillet 1854.

Mesdames et messieurs,

C'est quelque chose de délicat et même d'épineux qu'un rapport sur une pièce couronnée ; il semble qu'on y doive tout louer, et qu'y blâmer n'importe quoi soit faire preuve de mauvais goût et d'outrecuidance.

Il est vrai qu'il serait facile d'éluder la difficulté en se bornant à une simple analyse ; mais l'analyse a une sécheresse qui me déplaît, et à laquelle, à mes risques et périls, je préfère l'appréciation. D'ailleurs, ma plume, qui a ses moments de poltronnerie et de défaillance, se sent ce soir assez de courage et de force pour en affronter le danger.

Je commence donc par déclarer, et cela nettement et *carrément*, pour me servir d'une expression employée avec bonheur dans la pièce à examiner, que si j'avais eu l'honneur d'être l'Académie de Montauban, M. Lesguillon n'eût point eu le prix.

Ici, je vais m'arrêter quelques moments pour laisser passer l'orage que cette déclaration va, je le prévois, faire éclater contre moi.

— « Quoi ! s'écriera l'un de vous, la donnée vous paraît-elle extravagante ? « le plan bizarre, mal imaginé ? »

— Non. La donnée n'a rien qui choque la vraisemblance. Le plan est sage et bien conçu.

— « Alors, pourra me dire un second, les pensées manquent-elles de naturel « ou de justesse ? »

— Ni de l'un ni de l'autre.

— « Ce n'est pas, m'objectera bien vite un troisième, le style sans doute qui « vous semble défectueux ? »

— Non, certainement. Le style est agréable, facile, bien approprié au sujet.

— « Les vers, me demandera à son tour le plus classique de mes collègues, « pécheraient-ils en clarté ? sont-ils dépourvus d'élégance ou d'euphonie ? »

— Bien loin de là. — M. Lesguillon n'est, Dieu merci ! ni de l'école romantique, ni de l'école fantaisiste, ni de l'école fringante, mais de celle du bon sens et du bon goût. Il s'honore de parler la langue de Racine et de Boileau, et l'on ne trouve dans son épître aucune trace de ce néologisme barbare que l'ingénieux et spirituel **M.** Viennet a tout récemment flagellé d'une façon si piquante.

— « Sévère jusqu'à la pruderie, ajoutera peut-être un dernier de vous, votre « oreille aurait-elle été blessée d'une opinion un peu hasardée ou d'un terme « trop léger ? »

— Tout au contraire. L'auteur ne prêche qu'une saine et pure morale, et les impressions qu'excite en nous la lecture de cet écrit sont douces et salutaires.

— « Eh ! quoi donc ! allez-vous alors vous exclamer tous en chœur, la forme « et le fond méritent de tels éloges, et cependant.... »

— Oui, messieurs, si vous daignez me permettre de m'expliquer, et puisque ma tâche m'y condamne, je vais arriver à ce point fatal qui eût fait tomber de ma main la boule noire. Et pour justifier mon vote, je commencerai par citer les jolis vers que **M.** Lesguillon met dans la bouche du jeune néophyte, que tant de tristes images ont découragé :

> « Mais si vous dites vrai , si cette destinée,
> « Attend la plume honnête aux dédains coudamnée;
> « Moi, qui respecte Dieu , le devoir et la foi,
> « Je ferais aussi bien de demeurer chez moi. »

A quoi l'auteur répond :

> — « Parfaitement conclu ! Ton bon ange t'inspire. »

— Messieurs, je n'ai pu adopter cette conclusion.

Je ne m'arrêterai pas à l'anomalie que présente ce vers, d'où il résulterait que le devoir d'un homme de lettres est de ne point être homme de lettres; mais, m'attachant simplement au sens que l'écrivain a voulu lui donner, je répondrai : —« Non, mille fois non. » — La lyre pieuse, la plume honnête, *qui respectent Dieu, le devoir et la foi*, ont une autre mission que de demeurer la première muette, la seconde oisive sur l'encrier. L'étincelle jetée par la Providence dans un esprit noble et dans un cœur droit a une autre fin que de briller sous le boisseau. Et la main qui peut répandre la bonne semence , lors même qu'elle n'en devrait pas récolter le fruit, lors même que le chardon et l'ortie devraient en étouffer les trois quarts, et cela encore après l'avoir ensanglantée et déchirée, n'en devrait pas moins poursuivre l'œuvre méconnue que feront réussir d'autres temps et qu'applaudiront d'autres voix. Et s'il est un seul homme que ce labeur ait instruit, consolé, retiré du vice, n'est-ce pas là, messieurs, pour *le véritable homme de lettres*, ce qu'il doit nommer : —*Le meilleur de la gloire?*

J'oserai donc le dire, **M.** Lesguillon, entraîné par son esprit étincelant, a oublié son programme, et nous a privés d'un bel article, qu'il semblait nous promettre par ce vers :

> « La palme du talent est celle du martyre. »

Ses conseils sont plutôt un préservatif donné au désir trop commun de devenir homme de lettres, que des avis à celui que le Ciel appelle à l'être en effet.

Sans doute, il est beaucoup trop de méchants poëtes et de mauvais prosateurs ; mais il y en a encore trop peu de bons, et il n'y en aura jamais assez d'excellents.

S'il reste des terres incultes à défricher, des sols marécageux à assainir, les cœurs n'ont-ils plus de landes à fertiliser? manque-t-il d'ivraie à arracher de la pensée?

Quant à moi, bien que je sache qu'il est encore des champs qui manquent de bras, je regretterais, je l'avoue, que M. Lesguillon se fût fait fermier. Et je veux lui dire, pour terminer, une chose que j'ai contre lui sur le cœur : C'est que l'ingratitude est blâmable envers qui et même quoi que ce soit, et que M. Lesguillon me paraît bien ingrat envers la gloire.

N. 7.

RAPPORT DE Mme ADÈLE CALDELAR

Sur l'ouvrage intitulé : COUPS D'ÉVENTAIL, par Mme Claudia Bachi

Voici un livre qui a plus d'esprit qu'il n'est gros.

Des coups d'éventail, dont la plupart atteignent aussi loin qu'une longue rapière.

Des pensées non moins fraîches que les fleurs de ce nom.

Et puisque je me trouve si naturellement amenée à comparer ce gracieux volume à un agréable jardin tout rempli de fruits et de fleurs, permettez-moi, continuant cette métaphore, de vous engager à m'y suivre; je n'ai d'autre crainte que celle d'y être retenue par le plaisir plus qu'il ne faudrait, et de vous y faire demeurer trop longtemps vous-mêmes.

Mais d'abord arrêtons-nous sous le péristyle; j'y distingue un fruit qui, s'il n'est point le plus remarquable, ne mérite pas moins de fixer notre attention en ce qu'il nous offre un aliment sain et nutritif.

« Il faut se contenir dans l'affection et s'abstenir dans la haine. »

C'est là un conseil qui a certes son importance et dont chacun se trouvera bien de faire son profit.

Mais quelle est cette fleur triste et sévère dont l'aspect m'attire, et devant laquelle je me surprends à rêver, oublieuse de tant d'autres qui me réclament?

« Sur trois personnes à qui nous contons notre chagrin, nous en ennuyons « deux et nous faisons plaisir à la troisième. »

Young n'eût pas mieux dit. Arrachons-nous toutefois aux pénibles réflexions

auxquelles tu portes l'esprit, belle scabieuse, et approchons de ce noble chrysan-
themum, qui en fait naître de moins sombres.

« Les êtres dégradés sont incapables d'estime; le beau moral n'existe plus
« pour eux. »

Et, maintenant, me voici en plein parterre, et je vais y moissonner pour vous
les offrir, non peut-être les fruits les plus savoureux et les fleurs les plus bril-
lantes, mais, des premiers, ceux qui me plaisent le mieux, et, des secondes,
celles qui me charment le plus. Éblouie de l'ensemble, je butinerai de toutes
parts, quitte ensuite, en revenant sur mes pas, à mettre plus d'ordre dans mes
larcins et à les classer par catégories.

« Regretter des illusions perdues, dit Mme Bachi, c'est souvent regretter des
« vanités déçues. »

Osez lire en vous et dire que cela n'est pas.

« Les femmes n'estiment guère que les femmes laides. »

Si La Rochefoucauld vivait encore, qu'il serait fâché d'avoir oublié celle-là.

Et cette autre non moins pleine de vérité :

« Il y a de l'ange incognito dans une femme restée bonne et miséricordieuse
« avec un physique disgracieux. »

Je crois bien, madame, que j'ai pensé cela avant vous, et je regrette fort que
vous l'ayez dit avant moi.

En voici deux, qu'en ce temps surtout, il ne faut pas oublier de mentionner :

« Une promesse est un contrat signé avec sa conscience. »

« Un père de famille qui se suicide abandonne ses enfants dans une forêt
« périlleuse. »

Trois encore :

« Un auteur qui écrit sans cesse n'a pas le temps de penser. »

« La faiblesse fait plus d'êtres dépravés que la perversité. »

« Tout homme tient dans sa main la pierre qui doit nous lapider au jour de
« l'adversité. »

Mais me trompé-je? Il me semble qu'autour de ce berceau j'en aperçois qui,
malgré tout leur éclat, ont quelque chose d'étrange; ne seraient-elles point artificielles? Examinons-les de près et faisons-en juges d'autres observateurs que
nous-même. J'en vais prendre trois d'espèces différentes et qui, chacune en son
genre, a son importance.

« La modestie n'est que l'orgueil civilisé; la simplicité lui est supérieure. »

La modestie, messieurs, me semble autre chose que de l'orgueil, et même
j'en demande pardon à messieurs de l'Institut; mais elle est autre chose encore
que de la retenue.

La modestie est ce sentiment très-sincère et très-réel qui donne à tout individu doué de jugement et de goût la conscience de son infériorité lorsqu'il envi-
sage les chefs-d'œuvre ou les modèles, et par-dessus tout son idéal, soit qu'il
s'agisse de l'art ou de la vertu.

« L'amitié est à l'amour ce que le soleil est à la lune : elle éclaire, mais
« n'échauffe pas. »

Je m'imagine que Mme Bachi a écrit cela dans un jour de misanthropie, et
comme, du reste, l'amour, qui est un despote, ne manquera jamais de courtisans

ni de flatteurs, la justice me fait prendre la défense de cette pauvre amitié, et, sans aller chercher chez les anciens ses plus illustres servants, ni chez les modernes ces hommes rares et éminents qui l'ont conçue d'une façon si pleine et si élevée qu'ils font exception, je soutiens qu'à moins de vouloir la confondre avec ces relations éphémères auxquelles on ne donne son nom qu'en le profanant, il faut, pour être impartial à son égard, reconnaître que, si elle n'a pas du premier ces ardeurs caniculaires qui brûlent, consument et dévorent, il est de son essence de posséder une chaleur constante et douce qui échauffe, pénètre et ranime. Quant à éclairer, je l'accepte volontiers et même par antithèse, le second n'aveuglant que trop souvent.

Passons au n° 38.

« Les femmes qui se plaignent sans cesse de la position subalterne que leur ont
« faite la société et l'égoïsme des hommes ne sauraient souvent pas vivre deux
« jours libres sans que la ruine et le scandale cheminent sur leurs pas. »

Voilà qui est bien général et qu'il faudrait, au moins, restreindre beaucoup pour être équitable. Je ne sache pas que les personnes du sexe qui demeurent dans le célibat, ou conservent la liberté du veuvage, gouvernent plus mal leurs intérêts matériels que les pères et les maris, et j'en appelle avec confiance à la statistique pour prouver que, dans le petit nombre de professions qu'il est permis aux femmes d'exercer (j'entends surtout parler des employées et des marchandes), on cite, proportion gardée, infiniment moins de malversations, de faillites et de manque de loyauté de toute nature. D'ailleurs, il faut bien croire qu'elles ne sont pas de si mauvaises gardiennes d'honneur, puisqu'on leur en donne deux à garder au lieu d'un, la chasteté et la probité étant également pour elles de rigoureuse et indispensable observance.

Cette part faite à la critique, je reviens à celle de l'éloge, et ce n'est là que justice, en vérité, car, des pensées de Mme Bachi, un grand nombre ont droit à notre suffrage quoiqu'à titres différents; je vais donc, ainsi que je l'ai annoncé, remonter les verdoyantes allées que je n'ai encore fait que traverser, et en classer en quatre familles principales les diverses productions. Je ne parlerai, du reste, que preuves en main, et, de chaque espèce, quelque citation fera foi, car si, comme l'a dit Mme Bachi :

« Le blâme par le silence est le plus expressif. »

La louange par la citation est la meilleure.

PREMIÈRE FAMILLE.

MORALITÉ.

« On peut juger le mérite d'une femme par son fils. S'il est oisif, vain et dé-
« pravé, soyez sûr que sa mère est une femme sans principes, fût-elle du meil-
« leur monde. »

« Le bonheur ne fait que toucher barre sur le sol mouvant des positions
« fausses. »

DEUXIÈME FAMILLE.

VÉRITÉ, JUSTESSE, PROFONDEUR D'OBSERVATION.

« Il n'est auteur si médiocre qui ne regarde comme accessoire le talent des
« acteurs qui ont interprété et souvent fait endurer sa pièce; il n'est figurant,
« comparse, ouvrier, machiniste, allumeur de quinquets, qui ne pense avoir
« contribué au succès d'un auteur applaudi. »

« On ne renverse pas la barrière des préjugés, on l'escalade tant bien que
« mal en s'y meurtrissant. »

« La vie d'une femme auteur se passe sur un pilori. Les plus beaux esprits
« se font de la populace pour lui jeter une pierre au cœur et de la boue au
« front. »

TROISIÈME FAMILLE.

DÉLICATESSE ET SENTIMENT.

« Reprocher un bienfait, c'est le biffer dans le cœur de son obligé. »

« Il ne suffit pas à une personne noble de sentiment d'être aimée ardem-
« ment : il lui faut encore la conviction qu'elle est aimée avec délicatesse. »

« Le fat ne s'épanche pas; il se raconte. »

« Le bonheur, le beau temps et la santé n'ont jamais de nous que des oraisons
« funèbres. »

Il en est encore quelques-unes de deux autres sortes; elles concernent la
religion et la politique. Mon silence, à l'égard de celles-ci, n'implique ni blâme
ni approbation, nos statuts me défendant de m'en occuper.

Reste à parler du style. L'espace me manque. Je le ferai donc en peu de
mots et dirai, comme on l'a pu juger déjà, que celui de Mme Bachi est simple
et clair; elle est de l'école réaliste; c'est dire assez qu'elle déteste la péri-
phrase et a la circonlocution en horreur. Quant aux expressions mytholo-
giques, je crois que, plutôt que d'en employer une seule, elle préférerait perdre
deux de ses agréments. Il est vrai qu'elle le pourrait sans s'appauvrir. Mais je
me demande de quel nom elle peut baptiser cette grosse étoile que, dans ce
moment, tout Paris regarde le soir.

Somme toute, quelque agréable que soit la forme, je suis loin de la tenir
pour entièrement irréprochable; mais, entraînée par le plaisir de la promenade,
il m'a, je l'avoue, paru plus agréable et plus doux de savourer des cerises et des
pêches et d'odorer des roses et des jasmins, que de passer mon temps à chercher
sur les unes de microscopiques vermisseaux, et sur les autres quelques imper-
ceptibles taches. Cependant, pour remplir dignement mon rôle d'aristarque jusqu'au bout, je vais prendre ma loupe et me mettre en quête de ces intéressants
objets. Cherchez et vous trouverez, dit-on. Cela est vrai, car, si je ne me trompe,
voici un petit point noir précisément sur cette belle tulipe que je vous ai fait
admirer, petit point que, j'en suis bien sûre, vous n'y avez pas plus que moi

remarqué d'abord : *en ennuyons* ne me paraît pas une heureuse consonnance ; c'est là un atome sur lequel, madame, vous pourrez, s'il vous convient, souffler dès votre seconde édition ; en attendant, je vais continuer ma recherche et voir si je serai assez chanceuse pour faire quelque nouvelle découverte d'une aussi incontestable importance.

Mais me voici dans un endroit du jardin où sans doute je n'étais pas encore venue, car j'y aurais assurément remarqué cette belle fleur d'or qui tranche sur toutes celles qui l'environnent. Oh ! celle-là, c'est une immortelle ! et de la plus rare et de la plus belle espèce ! Ma loupe ne me sert qu'à l'admirer davantage, et je voudrais avoir pour elle le plus précieux vase de Sèvres ou du Japon, et surtout un piédestal assez haut pour la rendre visible à tous les regards. Ne pouvant mieux, je l'élève le plus que je puis de ma faible main et vous la présente dans sa noble simplicité :

« Un livre pernicieux est un forfait permanent. »

Qu'elle soit glorifiée, la plume qui a écrit cela !

N. 8.

LES DEUX ATOMES.

FABLE.

— « Que je suis malheureux ! disait à sa manière,
  « Certain Atome de poussière.
 « Dédaigné, méprisé, chassé de tout endroit,
 « De me plaindre du sort je n'ai que trop le droit ;
   « N'en dis-tu pas autant, mon frère ? »
   — « Point du tout, répondit soudain
 « L'Atome interrogé ; et mon heureux destin
   « Je le bénis, tout au contraire :
    « On m'estime, on me considère,
   « Et, bien loin que de vil objet
   « On me traite, on me qualifie
 « D'honorable et de noble. » — « Apprends-moi ton secret.
 — « Soit. Mais avant, toi-même, apprends-moi, je te prie,
 « En quels lieux jusqu'ici tu fixas ton séjour. »
 — « Oh ! dans beaucoup ; mais, tour à tour,
 « J'en fus banni. D'abord, dans une métairie
   « Qu'exploitait le gros Mathurin,
 « Je m'étais installé sur la huche à farine ;

« Mais, dès quatre heures du matin,
   « La matineuse Mathurine
   « M'en chassait d'une alerte main.
   « Après, dans la chambre proprette
   « De la gentille Rigolette,
« J'entre par la croisée, et je vais sans façon
   « Me poser sur son guéridon ;
   « Mais elle m'aperçoit, et vite,
   « D'un petit coup de son plumeau,
   « J'en suis délogé bien et beau.
   « Pestant contre un sort qui m'irrite,
« De là, je m'introduis dans le galant boudoir
   « Où se coiffait la coquette Isabelle,
« Et vais, sans plus tarder, me coller au miroir
   « Qui réfléchit les attraits de la belle :
« Son souffle courroucé sur-le-champ m'en fait choir.
« Alors un tourbillon s'élève ; il me transporte
« Près du palais d'un grand, et j'en franchis la porte :
« Devenu plus timide, en un obscur recoin
   « Je me tapis avec grand soin.
« Le guignon m'y poursuit. C'était jour de soirée,
« Et l'ignoble balai d'un valet en livrée
« Jusqu'à moi ses longs crins traîtreusement glissa
   « Et dans l'ordure me poussa.
   « Telle est l'histoire de ma vie.
   « Passons à ta biographie. »

— « Mes mémoires, dit l'autre grain,
« Sont moins sombres. D'abord, sur un savant bouquin,
   « Qu'un ignorant millionnaire,
« Sans y toucher jamais tenait toujours sous verre,
« J'établis ma demeure, et n'était que la mort
« Vint, au bout de quatre ans, visiter le cher homme,
« Là je ferais encor paisiblement mon somme.
« Obligé de quitter ce séjour du repos,
   « A l'uniforme d'un héros
« Je me sus attacher d'une telle manière
« Que Mars, en terminant sa brillante carrière,
« Ne m'en sépara point. Or, sa veuve a trouvé
   « Que ma présence, à la dépouille illustre,
« Bien loin de la ternir, donnait un nouveau lustre ;
   « Avec honneur j'y fus donc conservé.
« Mais tout passe, on le sait. A l'épouse fidèle,
« Dont la sollicitude appréhendait pour moi
« Du vent le plus léger le plus léger coup d'aile,
« Succéda l'héritier, qui, de tout autre aloi,

« Fit vendre sans vergogne et pour un prix modique,
      « A l'encan, l'auguste relique.
« Je ne m'éloignai pas, tu penses, sans chagrin.
      « Qui n'en a pas dans cette vie ?
« Mais j'en sus triompher par ma philosophie.
      « Bientôt après, sur mon chemin,
« Une cave s'ouvrant me remet en mémoire
      « Que si la France aime la gloire,
      « Elle ne hait pas le bon vin.
« Sans tarder, j'y descends, et sur une bouteille
      « Pleine d'une liqueur vermeille,
« D'un cru délicieux, véritable trésor,
      « Mais quelque peu jeunette encor,
      « Cette fois, j'élis domicile.
      « Depuis lors, j'y suis fort tranquille ;
      « Personne, dans ce lieu, jamais,
      « N'a jusqu'ici troublé ma paix. »

Réussir dans le monde est toujours un *peut-être* ;
Mais une chance en plus, à coup sûr, appartient
      A celui qui sait connaître
      La place qui lui convient.

N. 9.

LA LEÇON D'UNE MARGUERITE.

Causerie aux Dames.

PAR M. ÉDOUARD BLANC.

Permettez-moi de redevenir enfant, tout juste le temps d'effeuiller une marguerite. Caprice ou drôlerie, ce ne sera, je l'espère, ni trop long ni trop cruel ; d'ailleurs, on rencontre assez d'épines dans l'existence pour avoir le droit de s'égarer un instant dans les parterres, et, de tous les calices, nul n'est à la fois moins triste et plus suave que le calice d'une fleur. Puis, j'ai si souvent entendu dire que les plus charmants symboles trouvaient auprès de vous un asile, que je viens les interroger, non en philosophe ni en moraliste, mais en glaneur timide, afin de faire parler, s'il est possible, quelques-unes de ces jolies tiges qui balancent dans l'air leurs ravissantes couleurs. Pourtant, quoique je sache qu'il est une moitié de l'espèce humaine qui se laisse volontiers comparer, soit à la rose, soit au lis, je me garderai bien des comparaisons, car souvent mes fleurs pourraient y perdre, et je m'apercevrais trop tard qu'en fait de fraîcheur et de grâce, les éphémères n'ont jamais été dans les bouquets de la beauté.

Or donc, nous sommes, si vous le voulez, dans un jardin ou dans une réunion nombreuse; lorsqu'il s'y trouve, comme dans celle-ci, tant de regards aimables, l'illusion est complète. On s'arrête devant une superbe touffe de marguerites, et je ne sais par quel instinct destructeur on se met à en effeuiller capricieusement les pétales. Tout à coup, il vous semble entendre une voix qui murmure : un peu, beaucoup. Vous vous retournez, et vous apercevez une belle jeune fille qui rougit en rencontrant votre regard et continue tout bas... passionnément, pas du tout... Vous êtes intrigué et vous vous demandez ce que signifient ces mots cousus sans doute par quelque invisible fil d'or ou de soie; mais votre esprit refuse d'ouvrir sa porte; le cœur dort probablement, surtout si c'est de grand matin à l'horloge de la vie, et vous voilà, en fait de pénétration, dans le crépuscule le plus complet. Heureusement, la jeune fille se charge d'expliquer l'énigme. Une énigme et une femme, cela a fait de tout temps si bonne compagnie! « Cette fleur, vous dit-elle, est l'emblème le plus aimable de l'enfance et de la jeunesse. Quand on est bien petit, on lui demande : Comment aimes-tu tes parents? Et elle vous répond : Un peu, beaucoup, passionnément, et jamais pas du tout. Quand vous avez douze ou quinze ans et qu'on lui demande : Comment aimes-tu? Elle songe bien vite aux amusements et aux friandises, et elle répond : Un peu, beaucoup. A vingt ans, elle s'arrête sur un peu. Insensiblement elle arrive à beaucoup, passionnément même, et ne pense plus au pas du tout. Voilà le jeu. Essayez... Pensez à quelqu'un, et demandez-lui comment on l'aime. Il y aura toujours un brin de sa corolle pour votre mignonne sympathie... » Et la jeune fille s'échappe en courant, heureuse d'avoir donné sa leçon au grand garçon, qui va maintenant essayer de vous montrer s'il a tant soit peu compris.

« Pensez à quelqu'un, a-t-elle dit. Voyons : à qui? A une femme. Puisque je tiens une fleur, la transition est des plus naturelles. Mais à quelle femme? Ah! voilà le cœur qui fait comme tic-tac; mais n'ayons pas l'air de nous en apercevoir et continuons. Dans une femme et dans un homme, qu'aime-t-on un peu, beaucoup, passionnément, pas du tout, ou plutôt qu'aime-t-on mieux dans le monde du peu au pas du tout? Avec cela, j'aurai la clef du jeu, et il ne sera pas dit... Mais procédons par ordre et sans vanité... Petite marguerite, que veut dire : un peu?

« Un peu veut dire que les hommes sont de grands papillons et qu'ils volent sur les plus jolies tiges qui les entourent sans prendre le temps de se poser sur aucune. Ils effleurent de leur galanterie ou de leurs sentiments le cœur et la beauté des femmes; on les croirait des apprentis d'esprit, de politesse, de bonnes manières, tellement ils sont souvent peu habiles, soit par instinct, soit par frivolité. Une créature leur plaît, vite c'est un peu, puis beaucoup, puis passionnément, et le lendemain pas du tout. Ils lui trouvent de l'esprit un peu, du cœur un peu, de la grâce un peu, et, pour se mettre à l'unisson, ils prennent d'amabilité un peu, de causerie un peu, sans s'apercevoir que voilà beaucoup de peu pour arriver souvent au pas du tout. Si encore ils ajoutaient de raison, de réflexion et de prudence un peu ; mais ils sont ou trop jeunes ou trop enthousiastes et impatients de rompre la chaîne de leur ignorance ; ils ne songent qu'à tout connaître et à tout voir. D'ordinaire pourtant ils s'arrêtent à peine au peu, mais ils ont passé un vernis de science et de présomption sur leur personne, et ils approchent leurs lèvres de la coupe de l'insouciance et du plaisir. On veut les arrêter, mais ils répondent : Encore un peu. On les avertit que c'est assez de dissipations et d'étourderies, mais ils disent : Encore un peu. On leur laisse deviner qu'ils ont quelques qualités, et, pour forcer ou leur talent ou leur nature, ils restent en fait de bon sens au niveau de très-peu. Un peu de tout et de tout un peu, n'est-ce pas là d'ailleurs la devise de la jeunesse! Et la marguerite n'aurait eu garde de l'oublier. Remarquez qu'elle ne vous parle que des hommes sans vous dire un mot des femmes, parce que, pour elles, il est impossible de se contenter d'un peu. Un peu, c'est l'ennemi de la femme, soit au moral, soit au physique, à moins toutefois qu'il ne s'agisse de ses défauts, chapitre dont on ne doit toujours que lui parler un peu. Dites-leur d'avoir de l'esprit un peu, du cœur un peu, et leur sourire si pénétrant et si moqueur vous dira que vous êtes bien novice pour ne pas savoir qu'en fait de dévouement, de tendresse et de caprices, elles n'ont jamais pu s'arrêter à un peu. Elles s'occupent un peu de leur mari ou de leur ménage, ne dédaignent ni les voyages ni les parties de campagne, et, pour se distraire de leurs travaux à l'aiguille, aiment assez la médisance ou les friandises ; mais tout ce qu'elles ont de mal, c'est, en général, bien peu. D'ailleurs, il faut l'avouer, leurs imperfections sont si bien dissimulées qu'on les leur pardonne un peu pour avoir encore de leur amitié ou de leur sourire un peu. Jeunes, elles brillent de toute la fraîcheur de leurs joues roses avec un tout petit peu de modestie et d'ingénuité; mères et grand'mères, elles retiennent près d'elles ces qualités et ces vertus dont elles ont gardé, en tout temps, un peu; et quand on veut être persuadé qu'elles ont encore un brin de câlineries, de séductions et d'attraits, quelque chose qui s'appelle le charme répond bien pour elles : un peu, oui toujours un peu.

« Après le peu, c'est beaucoup. Dire ce que dans le monde on aime beaucoup, c'est assez difficile; d'autant plus que, de toutes parts, on voit le plus souvent une joie folle à côté d'une douleur sincère, une passion passagère et brillante à côté d'une affection mystérieuse et cachée, une bonhomie presque patriarcale a côté d'une habile rouerie, et que ce composé si étrange vous représente assez fidèlement ce qu'on aime beaucoup. Ainsi savez-vous bien saluer, tourner une phrase spirituelle, vous donner des airs d'homme de génie en lançant autour de vous quelques fusées d'esprit, vous voilà le favori du siècle. Ajoutez-vous à ces petits dons le talent de placer à propos quelques monosyllabes d'approbation, de blâme, de flatterie ou de colère, et de médire adroitement de toutes choses, vous arrivez au succès. Soyez poli, prévenant, aimable; lisez quelques livres d'histoire, gardez le souvenir de quelques bons mots, servez-vous habilement du talent d'autrui pour faire croire au vôtre, éloignez-vous des pensées trop abstraites, faites consister le grand art de la parole dans une main bien gantée, ou dans un col point trop raide, pour laisser à vos gestes ou à votre voix toute leur liberté, et vous serez bien élevé et charmant pour tout le monde. Babiller agréablement sur ce qu'on ignore tout à fait, voilà le goût du jour; avec cela, de l'enthousiasme pour le luxe, de l'envie pour les richesses, de l'indifférence pour le trop sérieux, tel est le milieu dans lequel s'agitent ses sentiments et ses pensées. Donnez-lui des plaisirs, des fêtes splendides ou champêtres; piquez sa curiosité en lui promettant les spectacles les plus émouvants ou les émotions douces et sensuelles, faites-le voyager, goûter de la vie nomade et bohémienne; qu'il aille aux eaux l'été, dans les salons l'hiver; entretenez-le de petites nouvelles, dites-lui que le commerce prend chaque jour une extension considérable, faites-lui sentir que les esprits en général, et le sien en particulier, sont toujours en verve et en prospérité, tout cela l'amusera beaucoup; puis, mettez sous ses yeux l'ouvrage d'un auteur distingué; ayez soin de porter haut le nom et la réputation de l'auteur avant de l'entretenir de l'œuvre; que le sujet soit amusant et varié, et vous lui aurez donné tout ce qu'il aime. Parlez-lui littérature, histoire et voyage; vantez-lui l'héroïsme militaire, flattez son amour-propre national, lancez-le dans les perfectionnements de l'industrie, de la mécanique et de la vapeur; en un mot, soyez avec lui peu théorique, mais éminemment pratique, et vous aurez toute son amitié. Le siècle aime ce qui flatte ses yeux et ses sens : jouir et posséder, voilà toute sa vie. Il se changerait volontiers en papillon pour courir après toutes les jolies créatures qui s'appellent femmes, et, quel qu'il soit, poëte, musicien, artisan, écrivain ou soldat, il sait donner à son caractère toutes les nuances du courage, de la bonne humeur, de l'entrain et de la causticité. Il ne court pas positivement après le scandale; mais chaque fois qu'une aventure immorale se passe près de lui, il en recueille les moindres détails et suit avec anxiété les péripéties d'une cause où la vertu soutient contre le vice un palpitant procès. Maniant la parole avec infiniment d'aisance, s'il est dans le commerce; avec volubilité, s'il est au palais; avec poids et réserve, s'il est dans une place influente, mais s'occupant beaucoup de lui avant de songer aux autres. Appréciant la science chez les savants, mais assistant plus volontiers à la première représentation d'une pièce comique qu'à un cours de philosophie ou d'éloquence, demandant bien plus à s'amuser qu'à s'instruire, à douter qu'à croire, trop ambitieux pour être facile à contenter, de goûts trop raffinés pour s'arrêter au nécessaire et répétant, chaque fois qu'il s'agit de confortable, d'argent et d'amour-propre, beaucoup, oui toujours beaucoup. Quant aux femmes, je vous dirai bien qu'elles adorent les diamants et les toilettes; mais je préfère vous ajouter qu'elles aiment aussi beaucoup la vertu, le sacrifice, l'abnégation et la simplicité, et vous serez plutôt convaincus. Je vous parle peut-être un nouveau langage; mais les hommes se sont quelquefois imaginé qu'ils avaient tant d'esprit en parlant mal des femmes, qu'il a été imprimé contre elles la matière de plusieurs in-folios, et je tiens à m'expliquer. Bien des femmes sont considérées légères, parce qu'au bras de leur père ou de leur mari elles jettent autour d'elles un regard de coquetterie et de contentement suprême, et qu'elles ont l'air de vouloir se faire admirer au lieu de briller autant par leur modestie que par leur vanité. Que voulez-vous? On les encadre dans les descriptions les plus ravissantes et les plus poétiques, on leur donne pour écrins les qualités les plus idéales, on met sur leur front une couronne de roses, on les pare comme des anges, et savez-vous pourquoi vous les aimez beaucoup? Parce qu'elles ont plus de pudeur que de science, plus d'espièglerie que de sérieux, plus de tendresse que de charmants sourires ; en un mot, parce qu'elles captivent autant qu'elles aiment.

Découvrez dans une femme beaucoup de sensibilité, de candeur, de jeunesse, d'abandon, de dévouement et de confiance, et vous l'aimerez beaucoup ; ou encore, rêvez d'une autre femme à l'esprit sémillant et vif, au cœur ardent et généreux, aux désirs un peu capricieux, mais toujours d'une souplesse et d'une habileté peu communes, et vous l'aimerez aussi beaucoup. Je vous souhaite de m'effeuiller souvent pour la recherche d'un pareil portrait. L'original existe, je vous assure, et pour vous punir de votre sourire d'incrédulité, lorsque vous m'interrogerez sur les mérites d'une femme, je vous répondrai quelquefois un peu, mais plus souvent beaucoup, pour mieux rester avec la vérité.

Quant au passionnément, comme je n'ai d'autre passion que celle de vous plaire (c'est toujours, mesdames, la marguerite qui parle), je vous expliquerai peut-être fort mal ce que vous aimerez et ce qu'on aime passionnément dans le monde. Je préférerais vous voir aimer beaucoup et moins passionnément : il y a dans ce mot comme un rêve qui me fait frissonner et qui doit s'envoler, ce me semble, aussi vite que la réalité. Je vous avouerai cependant que vous aurez la passion de plaire et de courir à la fortune, à la gloire et aux succès ; je vous accorderais encore que vous vous éprendrez de toutes les forces de votre âme d'une créature que vous trouverez délicieuse de grâce et de pureté, mais, encore une fois, ce ne sera que de l'entraînement, et je voudrais mieux croire que vous aimez un peu, afin d'être sûre que vous aimerez longtemps beaucoup. Pourtant, me direz-vous, y a-t-il des êtres passionnés ? Je vous répondrais bien que l'ambition, l'amour-propre, les convoitises et l'argent, tel est le lot des hommes, et que ce qui anime les femmes, c'est le sentiment, le luxe et cette fourberie diabolique qui les métamorphose en lutins blancs et roses, mais ce ne seront là que des passionnément assez inoffensifs et pas sérieux. Chaque fois qu'une jeune fille ou une jeune femme me demande son sort, je saute sur le passionnément pour vite dire pas du tout et me réfugier dans un peu. Puis, je ne sais pourquoi, passionnément cela fait toujours rougir et baisser les yeux ; aussi me suis-je promis de vous en dire tout le mal qu'il mérite en vous faisant jurer, si vous aimez ou voulez être aimée, de rayer cet adverbe de votre vocabulaire, car je ne répondrais avec lui ni de vos déceptions, ni de vos chutes, et je serais désolée que pour un passionnément vous fussiez le plus souvent réduit à vous trouver en face d'un pas du tout.

Le pas du tout ! nous voilà, n'est-ce pas, à la fin de la leçon ? Ici, continua la marguerite, je suis assez embarrassée pour terminer, car, peu ou beaucoup, on aime ordinairement quelque chose, et, en ma qualité de messagère d'amour, il m'en coûte de répondre aussi aux pas du tout. D'ailleurs, pourvu que l'on ne contrarie ni ses prédilections ni ses désirs, le monde ne dit presque jamais pas du tout, à moins qu'il ne s'agisse d'hypocrisie, de fraude, de vices et de mensonges, toutes choses dont il ne s'occupe que pour les faire condamner devant ses tribunaux. Je ne pourrais donc vous entretenir que de ce que j'appellerai la laideur humaine ; car pour ce qui est bon et bien au physique et au moral, il m'est impossible, même au souffle impur des mauvaises langues, de penser en même temps à la charité et au pas du tout. Puis, à regarder de bien près, où trouver des pas du tout ? Ce que vous avez laissé hier inconnu et oublié, vous le trouverez demain puissant et heureux ; ces principes que vous avez entendu prôner la veille avec une profusion désespérante de facilité, vous les entendez mettre à l'index le lendemain.

Ces femmes que vous croyez capricieuses et coquettes ne vous laissent voir que leur finesse et leur amabilité ; ces jeunes gens qui posent en lovelaces au petit pied, vous les entendez, l'instant d'après, s'indigner sur les voluptés de la jeunesse, et exalter, de tout l'esprit qui leur reste, les délices de la vie retirée ; le monde, en un mot, vous fait tourner dans une spirale d'agitations, d'illusions et de double vue ; puis, il soulève un coin de son masque et se rit de vos recherches sur le chapitre des pas du tout. De quelque côté que vous vous mettiez en quête, vous verrez qu'on n'en continuera pas moins à se croire poëte pour avoir trouvé quelques rimes ; écrivain, pour tourner assez agréablement quelques menus propos de salon et de littérature ; homme du monde, pour nouer une séduction dans les plis de sa cravate, ou piquer une raillerie fine au bout de son épingle d'or ; coquet et à la mode, pour avoir eu le plaisir de faire la fortune d'un nombre illimité de tailleurs et de modistes ; et quand vous voudrez crier à l'imperfection et à la faiblesse, on vous répondra de par la vanité... pas du tout. Si les fleurs pouvaient aller avec les chiffres, j'essayerais bien de vous additionner les zéros que j'ai vus autour de vous ; mais comme je me soustrais toujours à cette opération délicate de peur de multiplier nos déceptions et d'amener la division entre les non-valeurs humaines, j'aime mieux ne pas vous parler davantage de ce point capital, afin de ne pas laisser en souffrance vos meilleurs intérêts. Le pas du tout est comme ces vilaines ombres qui s'obstinent à ternir ce que le bon Dieu a voulu mettre en lumière, je veux dire le bien, le beau, le vrai dans le développement et dans l'irradiation de toutes nos facultés, et mal serait à moi de faire autre chose que de vous éclairer sur le progrès et la civilisation toujours croissante de notre humanité.

Faites comme la violette, ma compagne, et si, par exemple, vous vous trouvez en présence de celle qui, sans avertir le propriétaire, a pris votre cœur pour son logis, laissez-lui deviner vos sentiments pour elle, car les femmes préfèrent souvent porter les chaînes que le sceptre et la couronne, et mieux vaut, pour être dignes d'elles, ne se montrer ni trop galants ni trop empressés, mais leur prouver que sur le chapitre de la sensiblerie on ne possède ni le peu ni le beaucoup, mais simplement la sincérité, ce qui, en fait d'affection, signifie le pas du tout. Je ne voudrais pas, en terminant, être pour vous un symbole d'absence, de vide et d'isolement en toutes choses ; mais rappelez-vous les conseils de la marguerite, et n'oubliez pas que si elle est la fleur de l'affection et du souvenir, elle ne saura jamais garder à votre adresse le moins méchant des pas du tout.

La leçon était achevée, mesdames, et un seul pétale restait à la corolle. Il fallait donc revenir à un peu, et, pour finir par où j'avais commencé, je me promis d'effeuiller souvent des marguerites pour leur demander bien des secrets.

Puis, jetant autour de moi un regard d'espérance, je me réfugiai bien vite dans cette pensée : Si le monde ne sait prêter le beaucoup qu'aux dépens de la justice et de la vérité, si le luxe et l'or n'amènent que le passionnément, si l'amour-propre enfin n'aboutit qu'au pas du tout, aimons doucement et en silence

ce que la création, la nature, renferment de merveilles, de charmes et de sourires, et nous aurons sans doute alors un peu de cette félicité qui, lorsqu'elle
s'épanouit dans la serre chaude de l'amitié, devient cette fleur de la vie qui ne se
fane jamais!...

N. 10.

L'ÉLOQUENCE ET L'ÉLÉGANCE.

PARALLÈLE.

Un style châtié, coulant, harmonieux,
Des tours nobles, polis, faciles, gracieux :
    Voilà plutôt ce qui fait l'élégance.

Un style pathétique, imagé, clair, nerveux,
Des tours nouveaux, hardis, inattendus, heureux :
    C'est là surtout ce qui fait l'éloquence.

Elle a je ne sais quoi de plus fort, de plus vif,
Mélangé d'émouvant et de persuasif ;
Et toute expression que sa main a placée
Du même coup burine et sculpte la pensée.

De termes élevés l'une aime à se servir ;
L'autre sait ennoblir le mot le plus vulgaire ;
      A l'esprit l'une cherche à plaire :
      Au cœur, l'autre veut parvenir.

Invariablement, l'une à tous ses ouvrages
Met de distinction une marque, un cachet
      Que le monde lettré connaît,
      Et qui lui vaut tous ses suffrages.

L'autre met sur les siens le sceau de sa grandeur,
Et c'est un talisman infaillible et vainqueur
Que le plus ignorant, comme le plus habile,
Sans l'avoir vu jamais reconnaît entre mille.

L'une exige du monde, et demande surtout
Un esprit délicat, de l'étude et du goût;
L'autre veut avant tout du sens, du cœur, de l'âme;
C'est le vrai, c'est le beau, c'est le grand qui l'enflamme...

Elle a dans tous les lieux d'énergiques accents.
On la trouve partout... et certains paysans,
Certains sauvages même ont quelquefois fait preuve
D'une éloquence vraie, encor que rude et neuve.

Elle sait emprunter, pour aller droit au cœur,
De toute passion le timbre séducteur.
Des plus doux sentiments comme des plus terribles
   C'est l'interprète tour à tour;
Et, selon qu'elle veut, souvent dans un seul jour,
Nous sentons à son gré, barbares ou sensibles,
Tous les feux de la haine ou tous ceux de l'amour.
Mais quand c'est la vertu qui l'inspire et l'anime,
Elle est irrésistible, et s'élève au sublime.

A l'élégance est dû le versificateur,
   Le littérateur agréable;
Elle est pour les trois quarts dans le conteur aimable,
Et c'est elle surtout qui fait le beau parleur;
   Mais là sa puissance s'arrête :
A l'éloquence seule on doit le vrai poëte,
L'écrivain immortel et le grand orateur.

N. II.

L'ENFANT ET LE PAPILLON.

FABLE.

  — « Petit papillon bleu,
  « Qui voles en tout lieu,
« Je voudrais être toi, disait le petit George,
« A travers les épis courant dans un champ d'orge. »
  Le joli petit papillon

Dit au joli petit garçon :

— « D'où vient que mon destin te paraît préférable?

« Le tien pourtant, je crois, n'est pas moins agréable. »

— « Oh! dit l'enfant, j'aurais de bien plus beaux habits!

« Les miens sont toujours noirs ou gris,

« Le plus souvent d'étoffes tout unies;

« Je n'aime point du tout ces couleurs rembrunies;

« Les tiens, beau papillon, sont de celles des cieux,

« Et d'argent tout brodés ; cela me plaît bien mieux. »

— « Oui, dit le papillon, mais ces couleurs si belles

« Font qu'un vaurien d'enfant (pardonne-moi ce mot),

« S'il peut nous attraper, nous arrache les ailes,

« Ou bien d'un fer aigu nous transperce aussitôt. »

— « N'importe, dit l'enfant, au péril de ma vie

« Je voudrais être toi, ton sort me fait envie.

« Tout pour toi n'est-il pas agrément et plaisir?

« Moi, dans un lit de fer, tandis que je repose,

« Toi, tu t'endors dans une rose,

« Petit lit parfumé que berce le zéphyr. »

— « Oui, dit le papillon, mais lorsque j'y sommeille,

« Souvent un traître insecte y pénètre sans bruit,

« Et d'un coup de poignard en sursaut m'y réveille;

« Toi, dans le tien, en paix tu dors toute la nuit. »

— « N'importe, dit l'enfant, au péril de ma vie

« Je voudrais être toi, ton sort me fait envie;

« Que peut-on comparer au bonheur sans pareil

« De voguer dans les airs au gré de ses caprices?

« Est-il rien de semblable à de telles délices?

« Oh! que vite j'irais dans son palais vermeil

« Visiter monsieur le soleil. »

— « Oui, dit le papillon, mais gare à la mésange,

« Dont le bec en passant pourrait bien te happer,

« Et de toi, mon bel ange,

« Faire un fort bon souper. »

— « N'importe, dit l'enfant, au péril de ma vie

« Je voudrais être toi, ton sort me fait envie.

« Puis, contre tout danger,

« Maman, prudente et bonne,

« Qui serait *papillonne*,

« Saurait me protéger. »

— « Ta mère! y songes-tu? dit le lépidoptère ;

« Notre espèce est toujours orpheline ici-bas;

« Le pauvre papillon lui seul n'a point de mère,

« Ou du moins, sur la terre,

« Il ne la connaît pas. »

— « Quoi! dit soudain l'enfant, tout saisi de tristesse;

« Tu n'as point de maman qui t'aime et te caresse ?
    « S'il est ainsi, beau papillon,
« Nul péril ne dût-il environner ma vie,
    « Ton sort brillant ne me fait plus d'envie,
« Et j'aime mieux cent fois rester petit garçon. »

———————

N. 12.

LE POUVOIR DES MOTS.

En tout pays du monde, et plus encore en France,
Combien sur nous les mots exercent de puissance !
Sans qu'on sache pourquoi, du langage écartés,
Plusieurs sont, tous les ans, par d'autres supplantés ;
Et ces derniers venus font enfin de la sorte,
Que les premiers sont mis tout à fait à la porte.
A Paris, maintenant, où trouver un *barbier* ?
Toutefois, son secours vous est-il nécessaire ?
Dans ce beau magasin, d'un luxe tout princier,
Trône un brillant *coiffeur* qui fera votre affaire.
Il faut de la cité visiter les bas-fonds,
Si l'on veut du *portier* trouver quelques vestiges ;
Cet arbre gracieux, dont les nombreuses tiges
Parmi nous florissaient, n'a plus de rejetons,
Et vous les rendriez blêmes comme des cierges
Si vous donniez ce nom à messieurs vos *concierges*.
Êtes-vous étranger, et d'un médicament
Sentez-vous le besoin ? votre vocabulaire
Vous enverra peut-être à quelque *apothicaire* ;
Mais vous en chercheriez fort inutilement ;
Et trouvez-vous heureux, voyant votre détresse,
Que d'un *pharmacien* l'on vous donne l'adresse.
Nul poëte, aujourd'hui, ne meurt à l'*hôpital* ;
Mais un bon nombre encor décèdent à l'*hospice*.
Ces termes, après tout, ne font pas un grand mal ;
De la mode on y peut admirer le caprice,
Ou de la vanité contempler les effets,
Et si ma muse, au vol, en esquisse les traits,
C'est pour en arriver à ces mots hypocrites,

A ces expressions faisant leurs chattemites,
A ces termes obscurs, du vrai sens détournés,
Et que j'y voudrais voir au plus tôt ramenés.
Mais, bien qu'en tous ceux-là quelque danger existe,
En certains il est moindre, et je mets sur la liste
Cette *dissection* de l'animal vivant,
De *vivisection* qui prend le nom savant ;
Car si ce mot au peuple est peu compréhensible,
Il conserve, du moins, quelque chose d'horrible,
Lorsque celui de *course*, au contraire, à nos yeux,
N'offre que des tableaux riants et gracieux :
C'est d'abord Hippomène avec ses Hespérides,
Puis, sur son char brillant, l'héritier des Atrides ;
Et si, pour le présent, laissant l'antiquité,
Nous passons de la fable à la réalité,
De généreux coursiers, pleins d'ardeur et d'audace,
Qui défieraient le vent et dévorent l'espace.
Et c'est ce mot charmant qui réveille soudain
De jeux et de plaisirs tout un folâtre essaim,
Dont on a fait le nom d'un spectacle effroyable,
D'un divertissement atroce, épouvantable.
Est-ce que l'on manquait de termes ? J'en sais trois,
Entre lesquels il n'est que l'embarras du choix.
Et ces trois, les voici : *massacre, boucherie,*
Carnage ; ajoutez-y, si vous voulez : *tuerie.*
Voilà, voilà des mots vraiment faits pour nommer
Clairement, dignement, ce qu'on veut exprimer.
Avec la chose, au moins, ils n'ont rien qui détonne,
Et l'on peut espérer que si l'on s'en servait,
Cela ne serait pas longtemps faute d'objet.

Voyez-vous s'avancer la jeune et belle Yvonne ?
Un voile de pudeur, flottant sur sa personne,
La rend encor plus belle à tous les yeux ravis.
Que doux est son regard ! que doux est son souris !
       Que douce est sa voix fraîche et pure !
Combien sur son beau front de grâce et de douceur !
L'Ange même est moins beau, moins rempli de candeur,
Moins angélique enfin que cette créature :
De la Vierge divine on la dirait la sœur.
Elle est prête à sortir, sa mère l'accompagne,
Quand pour la visiter arrive une compagne
Qui s'exclame soudain. — « Eh ! mais, en vérité,
« Jamais je ne te vis à ce point en beauté !
« Du ciel on te croirait descendre, chère amie.
« Si belle, où donc vas-tu ? » — « Je vais à la *tuerie.* »

— « La *tuerie!* allons donc, tu railles. » Non vraiment,
Dit la mère à son tour. — Sachez, ma toute bonne,
Qu'il se fait de taureaux un *massacre* charmant,
Duquel je veux donner la joie à mon Yvonne ;
C'est même à quoi je tiens, d'autant plus, mon cher cœur,
Qu'on doit voir opérer un fameux *massacreur*.
Mais adieu : car je crains, en restant davantage,
Que nous n'arrivions pas des premiers au *carnage*,
Et si nous en perdions le quart ou la moitié,
Je sens que de regrets aurait votre amitié.

On peut, à la rigueur, comprendre la vengeance,
Et que d'un ennemi l'on désire le sang ;
Et, parmi les vertus, je place au premier rang
Le pardon et l'oubli d'une griève offense.
Mais se faire un bonheur, une fête, de voir
Les souffrances sans nom, les tortures horribles
D'innocents animaux, ainsi que nous sensibles,
C'est ce que je ne puis nullement concevoir.
Dieu nous a, dites-vous, faits à sa ressemblance.
Quoiqu'il nous ait tirés, ainsi que tout, de rien,
Nous sommes ses reflets, ses images. Eh bien !
Quels sont les attributs de la sublime essence ?
La bonté, la grandeur, la force, la puissance.
Or, des quatre, qui tous, en la Divinité,
Sont, comme elle, infinis, sans borne ni mesure,
Il n'en existe qu'un, que par sa volonté,
Et même seulement restreint et limité,
Se puisse approprier l'*humaine* créature ;
Mais c'est le plus *divin :* c'est l'aimable bonté.
Oui, la bonté, voilà l'attribut adorable
Qui de quelque façon rend l'homme à Dieu semblable.
     Or, puisque ce Dieu d'être bon
     Nous fait une obligation,
      Qu'il le veut, qu'il nous le commande,
Peut-on désobéir à ce souverain roi
En matière plus grave et de façon plus grande,
Faire plus de mépris de sa plus sainte loi,
Et marquer moins d'amour à la bonté suprême
Qu'en commettant le mal pour l'amour du mal même ?
Des présents qu'il nous fit quel détestable emploi !
Pour moi, s'il me pouvait entrer dans la pensée
      Qu'il fût des jeux dans les enfers,
Certes, ce seraient ceux par des chrétiens offerts
A la foule chrétienne, à les voir empressée,
Et, joyeuse, y venant de vingt pays divers.

Réfléchit-on assez à l'effet déplorable
De la férocité qu'on inocule ainsi?
      Par le trait récent que voici,
Jugez si ce n'est pas un danger formidable :

Un enfant (les journaux ont rapporté le fait),
A ce spectacle horrible un enfant assistait ;
Mais il se désolait, car sa taille exiguë
De ces atrocités lui dérobait la vue.
Ses efforts répétés étaient tous superflus :
Il en avait fait cent, il en avait fait mille.
Quand arrive un moment où, poussé par le flux,
Dans la foule qui s'ouvre, en hâte il se faufile.
Le voilà donc plus près ; incomplet résultat,
Car il est aussi bas. L'obstacle l'aiguillonne.
Il saisit les barreaux, se hisse, se cramponne,
S'aide des mains, des dents, et, grimpant comme un chat,
Du haut domine enfin l'arène et la cohue ;
Mais alors un monsieur, qu'à son tour il obstrue,
Le tire rudement, sans la moindre frayeur
De le faire tomber et se fendre la tête.
Pourvu qu'il puisse voir commodément la fête,
      Qu'importe à ce bon spectateur?
      Le gamin, d'autre part, s'entête,
Et sa place conquise a pour lui tant d'appas,
Qu'il se laisse frapper, sans bouger d'une ligne.
      Il voit... A tout il se résigne ;
Si l'on veut, qu'on le tue. Il ne descendra pas.....
      Alors l'autre, écumant de rage
      De voir différer son plaisir,
Et ne se pouvant pas posséder davantage,
Des doigts du pauvre enfant, qu'il parvient à saisir,
      Rompt tour à tour chaque phalange,
Et, sanglant et broyé, le jette dans la fange.....
Quelques témoins du fait, émus, à ce qu'on dit,
Voulurent en livrer l'auteur à la justice ;
Mais, pendant qu'on cherchait les gens de la police,
      Lui, dans la foule se perdit.

Que de réflexions fait naître cette histoire !
Un temps viendra, sans doute, où l'on ne pourra croire
      Que le nôtre ait vu ces forfaits.
Et comment en effet, à l'époque où nous sommes,
      En ce siècle, dit de progrès,
Penser qu'il se rencontre un si grand nombre d'hommes,
Et pour comble d'horreur, répétons, de chrétiens,

Dont ces jeux révoltants, ces barbares supplices
Soient les plus doux plaisirs, les plus chères délices?
Sans cesse, là-dessus, malgré moi je reviens.
Ces combats sont un fait qu'on ne peut trop maudire,
Que nous devons vouer à l'exécration,
Tant que nous n'aurons pas la satisfaction
Par les gouvernements de l'entendre proscrire;
Et je ne cesserai jusque-là de redire
Qu'en ce monde il n'est point d'abomination,
D'iniquité plus grande et de cruauté pire.

La cruauté, voilà le monstre mugissant
Que chacun de nous doit attaquer et combattre,
Que par tous les moyens il faut tâcher d'abattre,
Que détruire serait l'honneur du temps présent.
Puisse-t-elle, en tous lieux traquée et poursuivie,
Exhaler à nos pieds sa rage avec sa vie,
Et mes vers, se faisant cors et clairons joyeux,
Sonneront l'hallali de ce monstre odieux.

***

N. 13.

VADE RETRO.

Des gens causaient dans un lieu sombre,
Quand de flambeaux un certain nombre
Y sont apportés. Aussitôt
Tous ces gens, ou bien peu s'en faut,
Ferment leurs yeux surpris, repoussant ces lumières
Qui blessent leurs faibles paupières.

C'est ainsi qu'il en est de toute vérité.
Dès que l'une vient à paraître,
Loin de lui faire accueil et de la reconnaître,
On la hue, on la nie, et l'on fuit sa clarté.

***

N. 14.

LES DEUX ANES.

FABLE.

PAR M. POISLE-DESGRANGES.

Le souvenir déjà lointain
Du temps où j'apprenais forcément le latin,
M'a laissé d'un auteur quelque chose en mémoire :
Je veux parler de l'âne et de son compagnon...
Qui se congratulaient. — Sans doute, et pourquoi non ?
      Laissez-moi vous conter l'histoire :
Ces deux ânes étaient les zélés serviteurs
      De meuniers assez gros seigneurs,
Qui ne devaient pas faire ensemble de farine,
Car ils se haïssaient... Sans aller au moulin,
On rencontre des gens d'humeur assez chagrine
Pour ne jamais vouloir qu'on suive leur chemin.
Plus d'un confrère, hélas ! n'est pas un bon confrère.
Dans le monde savant dira-t-on le contraire ?
      Mais les ânes sont différents ;
      Ils peuvent s'aimer sur la terre ;
      Le sort les a rendus parents
      Sous une charge héréditaire.
      Or, pour deviser sur leurs maux,
      Nos deux paisibles animaux
      Au bout d'un champ se rapprochèrent,
      Et tous les deux ainsi causèrent :
« Pauvre ami, votre cou me paraît tout pelé ;
      « Je vous plains, mon bon camarade.
— Mon poil tombe, il est vrai, dit l'âne interpellé ;
« Mais votre dos aussi me semble fort malade.
— Que voulez-vous ! Un bât est si mal rembourré
« Qu'on ne le quitte point sans un peu de tonsure.
— J'allais en dire autant... J'ai le dos labouré ;
      « Voyez plutôt cette écorchure...
      « Oh ! nous sommes bien mal soignés.
      « Nos maîtres se sont éloignés,

« Rapprochons-nous encor... Fort bien ! c'est à merveille !
« Touchez-moi les naseaux du bout de votre oreille.
« Et puisque nous voilà, dans un doux abandon
          « Mangeons ensemble le chardon,
« Car l'avoine, pour nous, c'est rare qu'elle brille...
          — Jamais ! Et puis, à la maison,
          « N'importe le temps, la saison,
          « Martin-bâton nous sert d'étrille...
          « Oh ! nous sommes de fiers galeux !
« Si, pour nous délasser, nous nous frottions tous deux ?
          — La proposition m'arrange ;
« Au seul mot qui fut dit tout le corps me démange ;
          « Plaçons-nous donc commodément,
« Le dos contre le dos. Là, marchons avec ordre,
          « Pour nous donner de l'agrément,
          « Et laissons les chevaux se mordre. »

          Les ânes sont-ils donc des sots ?
Pour moi, je ris parfois de leur humeur badine.
Quant aux hommes d'esprit qui se tournent le dos,
Ce n'est pas, à coup sûr, pour se gratter l'échine.

N. 15.

CE QUI CONSOLE.

Séparé des siens dès l'enfance,
Quand de l'injustice il souffrait,
Il se disait à chaque offense :
« *Ah! si ma mère le savait!* »

Plus tard, voyant rester dans l'ombre
Tous les services qu'il rendait,
Il se disait, songeant au nombre :
« *Ah! si l'Empereur le savait!* »

Mais portant plus haut sa visée,
Maintenant, quand il a bien fait,
Au ciel élevant sa pensée,
Calme, il se dit : « *Ah! Dieu le sait!* »

ERRATA.

Page 22, note (1), *au lieu de* : Voir l'Appendice, pièce n° 1, *lisez* : Voir l'Appendice, pièce n° 3.

752. — Paris, imprimerie Jouaust, rue Saint-Honoré, 338.